AF461226

UN COEUR
DE
JEUNE FILLE

CONFIDENCE PUBLIÉE PAR

MICHEL MASSON.

> Le jour baissait; il lui fallut revenir sur ses pas; alors elle marcha plus lentement, s'arrêta même quelquefois, saisie d'une douce émotion, et toute heureuse de retrouver, épars çà et là, les débris de son bouquet du matin qu'elle avait effeuillé sur la route.
>
> ANDRÉ HERPIN. — *La Rêveuse.*

PREMIER SOUVENIR.

Comme on se fait rieuse.

> Apprenez mon secret pour le redire, surtout à votre fille.
>
> J. GRIBNER.

Tandis que nous étions accoudés tous les deux sur le balcon gothique de la plus haute des tourelles du vieux Saint-Jean-des-Vignes, et que nous parcourions du regard les plaines fertiles du Soissonnais, dont les limites, se perdant à vol d'oiseau, balancent dans leur immense étendue des épis courbés sous leurs richesses, Marie, que j'avais connue jusque alors folâtre, étourdie et point du tout attentive aux beautés de la nature, Marie me parut tout à coup plongée dans une profonde méditation; je la regardai, et pour la première fois je ne vis pas de joyeux sourire sur ses lèvres, et, dans ses yeux, sa gaîté accoutumée avait fait place à une douce expression de tristesse.

— Souffrez-vous? lui demandai-je avec intérêt.

— Non, me répondit-elle presque à voix basse, je pense.

— A quelque méchante espièglerie, repris-je; car, si je vous sais bien par cœur, ce sont là toutes vos pensées.

Elle me lança un coup d'œil où il y avait à la fois reproche et dignité; et puis, comme si mon impertinence n'eût fait qu'effleurer bien légèrement son oreille, elle continua, en étendant la main vers le point le plus reculé des campagnes qui nous environnaient.

— Non, l'œil ne suffit pas pour embrasser tout cela : c'est des points élevés que l'on sent mieux son âme ! elle seule mesure l'étendue, comprend l'immensité ; il n'y a pas de nuits pour ses regards, et son horizon est sans bornes. Croiriez-vous bien que d'ici je vois le monde entier !... Oui, riez à votre tour, mon ami, vengez-vous de mes moqueries par une froide épigramme ; votre regard railleur ne me ravira pas à mon enthousiasme.

Quelques hirondelles vinrent se percher sur l'aiguille de la tourelle.

— Celles-ci, lui dis-je, en voient plus que vous.

— Voir, c'est sentir ! me répondit Marie ; si nos pieds touchent à la terre, notre intelligence a des ailes dont le vol est plus rapide que celui de l'éclair, plus puissant que le vol de l'aigle, puisqu'il nous porte si haut que nous arrivons jusqu'à Dieu !

— En vérité, madame, interrompis-je tout surpris, mais singulièrement ému de ces paroles ; car il y avait dans sa voix comme un écho de son cœur ; en vérité, je ne sais si je dois me laisser aller à l'attendrissement que vous cherchez à me communiquer : j'ai bien peur qu'il n'y ait un piége sous votre enthousiasme, et qu'un bel et bon éclat de rire ne me punisse d'avoir cru à la bonne foi de votre exaltation.

— Ah ! dit Marie, c'est bien cruel à vous de me rappeler ainsi à mon pauvre rôle de femme rieuse et coquette, quand je ne tenais plus à l'espèce humaine que par ce qu'elle a de noble et de divin : par la pensée ! Mais il vous a plu de désenchanter le tableau qui se déroulait admirable devant moi, de ramener mon imagination des sublimes contemplations de la nature aux mesquines proportions de notre chétive espèce ; votre vanité, inquiète d'une raillerie à laquelle je ne pensais pas, s'est bien vite empressée de tuer mes émotions. Soyez satisfait, monsieur, je reprends mon sexe, c'est-à-dire ma malice et mon étourderie ; l'orgueil du penseur n'aura plus à craindre de se voir vaincu par une femme ; mais que son amour-propre se tienne sur ses gardes, car je promets de ne pas l'épargner.

— Je n'avais pas besoin de cette assurance, Marie, continuai-je, pour me préparer à recevoir les traits de votre imagination moqueuse ; ne sais-je pas bien que vous n'êtes encore qu'un joli, mais fort méchant enfant, qui rit à l'oiseau dont il arrache les plumes ?

Elle me regarda avec une expression de regret indicible, me prit la main, la serra affectueusement. Je soupçonnais quelque espièglerie nouvelle, mais j'en cherchai vainement la pensée dans les yeux de Marie ; je n'y lus qu'un peu de dépit et beaucoup de bonté.

— Ah çà ! me demanda-t-elle, pensez-vous sincèrement tout le mal que vous dites de moi ?

Je me tus : elle réitéra sa question ; il y aurait eu trop d'impolitesse à ne pas lui répondre ; j'étais bien aise de me venger un peu de ses railleries.

— S'il faut vous parler sincèrement, Marie, j'avouerai que, dans nos jours de rancune, je ne dis à peu près que la moitié de ce que je pense ; mais quand vous choisissez ailleurs vos victimes, je ne pense tout au plus que la moitié de ce que je dis.

— Eh bien ! reprit-elle en s'appuyant sur le balustre à ogives, voyez combien je suis bonne (elle ne put dire ce mot-là sans sourire) ; voyez combien votre amitié m'est précieuse : je vais vous dire mon secret, afin que vous ne blâmiez plus ma gaîté. Si j'avais pu voir en vous un amant, jamais vous n'auriez su le mystère de ces folies qui vous font me détester quelquefois. Mais je ne vous crains pas : le plaisir que j'éprouve auprès de vous est sans trouble ; si votre présence m'est agréable, je dois vous dire aussi que votre départ me laisse sans regret ; je vous aime un peu plus qu'un livre, parce que vous me permettez de parler, et que le meilleur ouvrage n'est, après tout, qu'un bavard égoïste qui, dans le tête-à-tête, prétend toujours faire seul les frais de la conversation. Il y a long-temps que je cherche un confident de mon passé ; quelquefois j'ai cru le trouver dans mes connaissances intimes : mais celui-ci avait de trop beaux yeux, celui-là une bouche ravissante ; l'un était grand et bien fait ; l'autre me séduisait par son esprit ingénieux ; j'aimais le ton exquis d'un troisième, un quatrième était d'une galanterie irrésistible ; enfin je trouvais partout tel regard, tel son de voix, telle tournure, telle couleur de cheveux même, qui me faisait rêveuse et me causait une agitation dont je n'étais pas maîtresse. Il y avait un charme particulier dans chacun d'eux, et toujours je retenais ma confiance, en disant : Il est sans doute en ce monde une personne à qui je pourrai parler sans danger, et pour laquelle je n'éprouverai qu'une bonne et franche amitié. Depuis que je vous connais, j'ai étudié votre caractère, je me suis interrogée mille fois sur votre figure, sur votre tenue, sur vos façons de parler et d'agir ; jamais le plus petit mouvement secret ne m'a dit à votre aspect : Défie-toi de toi-même. Vous n'avez absolument rien de ce qui me paraissait redoutable dans les autres ; auprès de vous mon cœur est en repos : c'est donc en toute sécurité de conscience que je vous nomme mon confident intime.

— Vraiment, madame, les avantages extérieurs qui me valent ce titre sont trop glorieux pour que je ne m'empresse pas de publier hautement à quels agrémens du physique et de l'esprit je suis redevable de votre confiance.

— Allons, voilà votre amour-propre piqué : ne vous contentez-vous pas de mon amitié?...

— Oh ! si fait, madame ; car, en retour d'un autre sentiment, je n'aurais que celui-là à vous offrir.

— Fort bien, nous sommes d'accord ; seulement vous pouviez vous dispenser de me rappeler que vous ne devez être que mon ami.

— Vous n'aviez pas, je le présume, l'espérance de me voir jamais autre chose pour vous ?

— Une femme espère toujours, monsieur, quand ce ne serait que pour désespérer les autres.

— Folle ! lui dis-je, toujours ce méchant naturel qui revient.

Elle prit son attitude pensive.

— Folle ! répliqua-t-elle, c'est cela : vous me croyez insensible parce que j'affecte de ne rien écouter sérieusement ; vous me jugez inconsidérée, parce que mes paroles sont presque toujours légères. Mais qui vous dit, mon ami, que ces bruyans éclats de gaîté soient jamais partis de mon cœur, et que cette légèreté, qui m'ôte un peu de votre estime, n'est pas le fruit de profondes et graves réflexions ?

— Vraiment, Marie, interrompis-je d'un air de doute, vous avez des légèretés réfléchies?

— Pourquoi non ? continua-t-elle ; et vous, messieurs, n'avez-vous pas des fièvres d'amour qui raisonnent, des passions violentes qui calculent ? Quand votre sublime intelligence sait si bien accorder ce qu'il y a de plus inconciliable, pourquoi ne voulez-vous pas qu'il entre un peu de sagesse dans notre folie, et que notre gaîté ne soit pas un voile sous lequel nous cachons de sérieuses pensées?...

Marie cessa un moment de parler ; pour moi, assez peu convaincu par cette justification incomplète, et désireux de ne pas laisser mourir notre conversation souvent brisée par le vent ou perdue dans les masses d'air qui nous environnaient, je murmurai à mi-voix :

— Mieux valait, madame, me laisser mon erreur sur votre caractère : je croyais à la sincérité de votre gaîté, et ce n'est qu'une étude ! Quand je ne vous reprochais qu'un peu d'étourderie, vous vous avouez hypocrite ! C'est mal vous défendre d'un joli défaut, que de vous accuser ainsi d'un vice.

Une rafale qui ployait les arbres poudreux de la route de Soissons, qui soulevait des nuées de poussière et faisait bruire et onduler les champs de blé comme une mer en tourmente, monta jusqu'à nous ; elle vint s'engouffrer avec furie sous les voussures dentelées de la tourelle, mugit en tourbillonnant et nous enveloppa comme pour nous lancer dans les airs. Marie, retenue d'une main au balcon, saisit de l'autre les rubans de son léger chapeau de paille, afin de le disputer au vent. Je m'efforçai de mon mieux à protéger ma jeune compagne de voyage, et la rafale qui trouva enfin une issue, à travers les mille découpures de la voûte, n'emporta rien que mes paroles, trop impertinentes pour être répétées à Marie. L'air redevint calme ; elle reprit :

— S'il est une observation rebattue, c'est bien celle-ci : le poltron s'enhardit en chantant. J'ajouterai même que l'on peut mesurer l'étendue de la peur au volume de la voix. La remarque n'a pas dû échapper aux gens mal-intentionnés, et cependant ce moyen a sauvé plus d'un voyageur du péril ; en même temps qu'il donne un peu de courage à celui qui en manque, il diminue l'audace des malfaiteurs ; l'apparence de la bravoure ne garantit pas de la défaite, mais elle peut empêcher l'ennemi de nous offrir le combat : c'est, au moins, une chance de sécurité. J'avais besoin, pour entrer en matière, de rappeler à votre souvenir cette vieille remarque sur le moyen de chasser la peur à force de bruit ; maintenant écoutez !

Personne, mon ami, ne reçut avec la vie un cœur plus impressionnable que le mien, et plus de dispositions à la mélancolie. A l'âge où les sentimens tendres parlent encore une langue étrangère pour nous, je comprenais déjà que l'amour était une puissance ; et dans ces livres pieux que ma bonne grand'mère me lisait le soir pour m'édifier, ou me forçait à lire moi-même comme pénitence d'une espièglerie d'enfant, je n'étais attentive qu'à ces mots d'amour ineffable, de volupté de l'âme, de joie qui plongent les bienheureux dans un océan de délices, et je m'arrêtais volontiers sur les peintures, souvent imprudentes, que, dans leur simplicité chrétienne, les saints Pères nous font des plaisirs d'ici-bas. Il y avait encore de l'ingénuité dans mon cœur, mais plus d'innocence dans mon imagination : elle errait au hasard, prête à saisir la lumière partout où elle entrevoyait le plus faible rayon. Avec des parens indiscrets, mes sens eussent appris trop tôt le secret de leur agitation ; la chasteté de ma mère me protégea contre la hardiesse de mes pensées et prolongea mon ignorance. Les découvertes manquaient à l'activité de mon esprit, mais je continuais à puiser dans les livres de sainteté un aliment funeste à ma jeune fièvre de volupté. Quand je me rappelle aujourd'hui ces extases, alors pour moi sans nom, qui venaient me saisir et me faisaient croire à une vocation précoce pour les béatitudes du cloître, je m'étonne de me trouver si froide, si marbre pour tout ce qui n'est pas amour pur, noble satisfaction de l'âme. Je comprends bien la passion, le caprice passe mon intelligence. Je pardonnerais sans doute volontiers à l'homme que j'aimerais, de désirer près de moi mieux que le charme d'un entretien intime ; même je lui en voudrais peut-être si ses désirs ne se peignaient pas dans le trouble de ses regards, dans l'émotion de sa voix, quand je lui abandonne ma main ; mais je me reprocherais, moi, de concevoir une pensée qui abaisserait mon amour pour lui à des idées de plaisir, parce qu'elles me semblent flétrir le bonheur.

— Je ne vous ai pas demandé vos secrets, madame ; mais puisque vous m'offrez votre confiance, il faut me la donner tout entière... Dites-moi, la main sur le cœur, croyez-vous avoir vraiment aimé?

— Je le pense... Au surplus, vous le verrez bien dans la suite de mon récit. Mais pourquoi me faites-vous cette question?

— C'est que dans notre siècle positif, Marie, pas plus que pour les siècles passés, je ne crois à l'existence de ce sentiment bâtard qu'on appelle amour platonique. Ceux qui prétendent n'en avoir pas éprouvé d'autre ont caché quelque part le feuillet le plus intéressant de leurs mémoires. La passion la plus égoïste qui soit au monde ne me paraît guère de nature à se contenter de sentimens purs et généreux comme les vôtres. Elle vit de dévoûment, de larmes, de sacrifices, c'est vrai, mais non pas de privations. Si la pensée de votre défaite ne vous est pas venue auprès de quelqu'un, je soutiendrai, en dépit de vous-même, que vous n'avez aimé personne.

— Eh bien non! monsieur, cette pensée ne m'est pas venue, parce que l'amour comme je l'entends, c'est la confiance dans le respect qu'on inspire; une femme qui a plus d'imagination dans le cœur que dans la tête ne cède pas; mais elle se laisse aimer autant qu'on le peut; après cela, si l'émotion est égale, si le délire se communique, si l'oubli de soi-même arrive, il n'y a plus de honte : c'est une ivresse partagée et de laquelle on se réveille encore digne de soi-même : car si on ne l'a pas évitée, on ne l'a pas cherchée non plus. Satan est un ange tombé, et Dieu ne nous a pas faits plus forts que les anges.

— Ainsi vous accordez que l'on puisse se donner par amour à celui qu'on aime.

— J'accorde tout à l'amour, mon ami, excepté le calcul.

— Et s'il y allait de la vie d'un amant? Vous vous rappelez ce joli tableau de Destouches, où ce jeune seigneur meurt dans la passion qui le consume... Qu'auriez-vous fait à la place de sa gentille amie?

— Je serais venue lui dire : Puisque ton existence est à ce prix, me voilà! et il vivrait.

— Le calcul, c'est la réflexion, Marie, et votre démarche n'aurait été que cela.

— Mademoiselle de Sombreuil sauvant les jours de son père au prix d'un verre de sang humain, madame de Lavalette jouant sa raison contre la liberté de son mari, calculaient aussi; mais c'est quelque chose de respectable et de sublime, mon ami, que le calcul du courage et celui du dévoûment.

Je n'avais rien à répondre : je la laissai poursuivre; elle jouit un moment de ma confusion, et continua :

— Je ne sais si mon excellent père devina la cause de ma mauvaise santé, ou si mes yeux trop ardens le lui apprirent; mais un jour je vis disparaître mes livres chéris, et, comme je n'osais demander le motif de ce bouleversement dans la bibliothèque de ma grand'mère, il fallut me résigner à continuer mes leçons de lecture dans le Dictionnaire de Valmont de Bomare, où je ne trouvai plus d'alimens aux idées qui s'étaient emparées de mon esprit trop hâtif. Je cherchais la solitude pour rêver à tout ce que je ne pouvais plus lire; mais sans cesse mon père troublait cette solitude par son apparition inattendue; on eût dit qu'il guettait chacune de mes pensées, comme il épiait chacune de mes démarches : « Marie, me disait-il, je n'aime pas qu'un enfant de ton âge se tienne dans les allées désertes, si ce n'est pour courir et pour jouer. » Je n'aime pas, dans la bouche de mon père, voulait dire, non seulement : Je te permets de jouer, mais encore : Je veux que tu joues. Alors je me mettais à courir comme une folle, et quand j'arrivais à l'autre bout du jardin, perdant haleine et trempée de sueur, je m'étonnais de me sentir le cœur moins comprimé, la tête plus légère, comme si le vent eût emporté dans ma course le tourment incessant, jusque alors, du sentiment de mon ignorance; mes idées avaient plus de fraîcheur, et je ne me rappelais plus ma mélancolie.

— Je n'aime pas, me disait encore mon père, qu'un enfant de ton âge ne sache pas rire pour une mouche qui vole, pour un fruit qui tombe, pour le moindre événement; le rire va bien aux petites filles, l'air sérieux les rend laides.

C'était m'ordonner la gaîté; je me fis donc rieuse, d'abord par obéissance ; plus tard je le devins par raison. Dans la crainte de déplaire à ce bon père, qui m'aimait si tendrement, quoique toutes ses paroles fussent sévères, je m'étudiai à donner à mes yeux, ainsi qu'à mes lèvres, cette expression de joie qui vous a si fort trompé sur mon véritable caractère, et qui me trompa si bien moi-même quelquefois, que je me trouvais toute surprise d'avoir ri, alors que je me sentais le plus disposée à pleurer. Oui, mon ami, j'eus mes peines, vous les saurez toutes ; je courus des dangers, je ne vous en cacherai aucun, pure et fière de ma pureté, parce que je la dois à des combats où je n'ai pas vaincu sans souffrir à la fois et des atteintes que j'ai reçues et des blessures que j'avais faites. Je vous l'avoue ici : la force du raisonnement, le sentiment de ma dignité, l'amour de la vertu, tout cela n'eût été qu'un faible rempart contre moi-même, sans cette trompeuse gaîté que j'appelai toujours à mon aide au moment du danger. Lorsqu'une agitation trop puissante s'emparait de mon cœur, quand un frisson d'amour désarmait encore ma faiblesse, alors que tout bas je répondais déjà : « Eh bien ! oui » à celui qui me suppliait à genoux ; soudain, effrayée du chemin rapide que la passion me faisait faire, je m'arrêtais et je me souvenais d'être gaie : c'était alors par des éclats de rire étourdissans que je faisais taire la voix qui parlait plus haut que ma raison ; je trouvais dans des mouvemens de joie, où il y avait de la fièvre et non pas du plaisir, assez de force pour éloigner l'amant que je n'avais pas eu le courage de repousser. Il restait confondu, anéanti ; il m'appelait folle, car je chantais haut et vite ; il m'appelait cruelle, car je riais : au fond, je me sentais malheureuse, mais enfin j'étais sauvée !

— Pauvre Marie ! maintenant que je sais cela, je souffrirai pour vous quand je vous verrai rire.

— Non, que votre amitié ne s'inquiète pas ; rieuse par devoir, je le suis aussi maintenant par caractère ou du moins par habitude ; car souvent, dans mes accès de folie, je me dis, toute surprise : Pourquoi donc ai-je ri, je n'ai pas de chagrin ? A présent que vous savez mon secret, je n'ai plus besoin de vous demander grâce pour ma gaîté : c'est elle qui me protégea contre les piéges cachés et ceux que j'apercevais sans avoir la force de les éviter. Elle fatigua la séduction, découragea l'amour ; enfin elle me conduisit sans tache dans les bras de mon mari, quand tout semblait conspirer pour me fermer le lit conjugal ou ne m'abandonner que flétrie aux mépris d'un époux.

Ce que je venais d'entendre me donnait beaucoup à réfléchir ; Marie prit mon silence pour le sommeil de la pensée.

— Je vous ennuie, me dit-elle ; sortons d'ici et parlons d'autre chose.

— Oh ! non, lui répliquai-je, vous venez de me promettre votre confiance ; je tiens à tout savoir.

— En ce cas, asseyons-nous là, fit-elle en me désignant une pierre laborieusement ciselée et que le temps avait décimentée de la solide muraille des tours. Je me plaçai près d'elle, car je ne voulais perdre aucune de ses paroles, et elle commença.

C'est encore Marie qui va parler ici ; pour partager l'émotion profonde que son récit me fit éprouver, il faudrait se trouver comme moi à quelques cent pieds au dessus du sol, auprès de ces débris des âges passés et devant le tableau magique du ciel et des champs ; là, il ne venait plus à mon oreille d'autre bruit de la terre que le son de la cloche de Saint-Gervais, qui tintait les heures, et une voix de jeune femme qui disait ses premières amours : c'était encore quelque chose de céleste.

DEUXIÈME SOUVENIR.

A douze ans.

N'oubliez pas que l'amitié n'est qu'un masque. Soulevez-le : il cache ou la vanité, ou l'ambition, ou l'amour.

E. STAWSON.

On a tort, ce me semble, de se jeter sans cesse dans l'avenir et de détourner trop rapidement la tête quand nos regards se portent involontairement vers le passé. A voir le dédain de certaines femmes pour le souvenir de leurs jeunes années, on dirait que la pensée d'avoir été petite fille est une offense à la dignité de leur âge mûr ; pour moi, j'aime à me rappeler que je fus un enfant souvent capricieux, quelquefois maussade : mais aussi quelquefois espiègle et charmant. C'est au plaisir que je prends à me remémorer mes méchantes inclinations et mes qualités naissantes, que je devrais, je le crois, d'être une mère indulgente : la mienne n'eut pas d'enfance.

D'ailleurs, n'est-ce pas un désir peu généreux que celui de vieillir ! La mort jalonne impitoyablement le chemin que nous faisons dans la vie ; chacun de nos pas nous mène au tombeau de quelqu'un qui nous fut cher ; aussi, bien loin de vouloir marcher toujours en avant, si le temps pouvait revenir sur la route qu'il a faite, je ne demanderais pas mieux que de m'en retourner avec lui, ne fût-ce que pour me retrouver une fois encore avec les amis que je ne dois plus revoir.

Je ne pensais pas ainsi à douze ans ; pour moi les semaines étaient trop longues, les mois ne finissaient jamais ; quant aux années, je n'osais en calculer la durée, les nuits seules s'écoulaient insensibles ; c'est qu'à cet âge le sommeil est si bon qu'il endort jusqu'aux souffrances les plus aiguës. Vous allez savoir d'où me venait cette grande impatience de vieillir.

Parmi les amis de ma famille, il en était un, des plus intimes vraiment, qui, tous les deux jours, venait à la maison me donner des leçons de dessin ; c'était un homme d'une cinquantaine d'années, gai, spirituel, instruit ; sa bonhomie plaisait à ma mère ; mon père aimait sa conversation facile, il prenait souvent conseil de son jugement sain et ne se lassait pas de puiser, pour ses graves occupations, dans le trésor des connaissances variées de son vieil ami du collége de Blois.

Quant à moi, petite fille joueuse et mutine, ce qui m'avait fait concevoir pour lui une vive affection, c'était le soin qu'il prenait d'oublier son rôle d'homme âgé et savant, afin de se refaire tout à fait enfant avec moi. Nos leçons de dessin n'étaient, à vrai dire, que des parties de jeu dans lesquelles je n'avais pas toujours l'avantage pour la malice et l'agilité. Mes parens voyaient avec satisfaction cette intimité de jeune fille à presque vieillard ; ils croyaient me donner en lui un guide de plus pour ma jeunesse, un protecteur estimé dans le monde, et dont le crédit ne me serait pas inutile plus tard, lorsqu'il s'agirait de m'établir.

Je me laissais donc aller avec lui à toute mon espièglerie de douze ans, et l'on ne trouvait pas mauvais qu'il y répondît par des espiègleries non moins enfantines que les miennes ; partant, pas le moindre soupçon chez nous sur la nature de l'intérêt que je lui inspirais. Ses sentimens pour moi semblaient aussi délicats qu'ils étaient vifs. Mon père n'avait garde de concevoir la crainte la plus légère quand le soin de ses affaires l'appelait au dehors ; pour ma mère, que nos bruyantes leçons mettaient souvent de mauvaise humeur, elle nous cédait ordinairement la place et allait se renfermer dans une autre pièce de l'appartement, faute de ne pouvoir imposer silence à nos jeux.

Si la retraite prévue de ma mère donnait toujours une nouvelle activité à mon infatigable ardeur de plaisir, elle diminuait de beaucoup la gaîté de mon maître de dessin. Moi, confiante, ou plutôt ingénue, car la confiance est le résultat de la comparaison, et à douze ans on ne compare pas, on accepte toutes les amitiés comme on jouit de toutes les joies, sans se rendre compte de rien ; ingénue, dis-je, je recommençais avec plus d'audace mes attaques contre mon complaisant partner ; mais il cessait d'y répondre ; j'avais beau grimper sur ses genoux, le frapper de toutes mes petites forces, m'enfuir après jusqu'à l'extrémité de la chambre, puis revenir vers lui pour l'agacer de nouveau et l'embrasser enfin, il oubliait alors de me disputer la victoire ; cloué sur sa chaise, il se sentait frapper sans songer à me rendre les coups ; il me voyait courir et ne cherchait plus à m'atteindre ; toute sa gaîté d'enfant avait disparu ; un voile sombre semblait s'étendre sur ses regards tout à l'heure si joyeux, et ce n'était plus que par de rapides et rares éclairs qu'ils trahissaient leur vivacité accoutumée. Mes francs et gros baisers le réveillaient seuls de son apparente insensibilité : encore était-ce comme un réveil douloureux après un songe pénible.

— Tout cela est bon, me disait-il, jouer c'est bien, Marie ; mais il faut étudier d'abord ; la récréation doit être la récompense du travail ; à ton dessin, ma petite élève, et tâchons de regagner le temps perdu.

En me parlant ainsi, sa voix n'avait plus la même expression de bonté, et ses petits yeux bleu pâle attachaient sur moi de si singuliers regards, que malgré mon vif désir de profiter de l'absence de ma mère pour me livrer à toute ma joie naïve, j'allais presque en tremblant me rasseoir devant la table, et moitié boudeuse, moitié résignée, je reprenais tristement mes crayons. Lui se plaçait alors si près de moi, que son bras touchait au mien, que son souffle tiède et pressé effleurait mon front et me semblait ternir la fraîcheur de mes joues : j'entendais son cœur battre !

Vous pensez bien qu'avec le joyeux système d'enseignement dont je vous ai parlé, mes progrès n'étaient pas très rapides. Je commençais toujours la leçon par faire quelque faute grossière ; il prenait le papier à son tour, mais sa main n'était pas plus sûre que la mienne : je n'apprenais rien, il paraissait désapprendre avec moi. Je riais de sa maladresse ; mais il ne riait pas, lui ; il y avait dans le coup d'œil qu'il me lançait quelque chose qui n'était pas de la sévérité et qui, cependant, me causait plus de trouble qu'un reproche.

Un jour que je m'étais montrée plus hardie que de coutume à le reprendre sur les mauvaises corrections qu'il faisait à ma belle tête de Sabine, j'allais, franche et sensible, l'embrasser pour obtenir le pardon de mon impertinence, quand il se leva brusquement, et, sans m'adresser un seul mot, il m'enleva de terre jusqu'à lui ; puis, m'étreignant avec force contre sa poitrine, je l'entendis murmurer sourdement : « C'est trop souffrir, il le faut ! » Ses yeux, fixés sur les miens, me fascinaient à tel point que je voulais crier, et qu'un étranglement me laissait sans voix ; sa figure violacée disait les horribles combats de son cœur, sa bouche ardente s'approchait de la mienne, puis s'en éloignait comme repoussée par un sentiment d'horreur. J'étais effrayée ; mais n'osant trop marquer ma terreur, je lui dis en cherchant un sourire, presque impossible :

— Mon Dieu ! bon ami, est-ce que tu veux me tuer ?...

Il ne me répondit pas : les douloureuses étreintes, la fascination terrifiante du regard, tout cela continuait, et sa respiration de plus en plus rapide n'amenait à ses lèvres que des mots incomplets, que des phrases inintelligibles dont le sens m'échappait, et qui pourtant augmentaient mon effroi. Il pleurait, je pleurais aussi, sans pouvoir me rendre compte de la cause de mes larmes; la sueur, qui fumait sur son front, glaçait le mien.

Je ne sais si, dans cette lutte muette, où je combattais d'instinct seulement, sans concevoir la pensée du péril, c'est ma propre force qui triompha, ou si les siennes l'abandonnèrent, épuisées par la violence du combat; mais enfin je parvins à me dégager de ses mains, et tandis que je courais vers la porte pour me réfugier auprès de ma mère, je le vis tomber pâle et tremblant sur un siége, et j'entendis ces mots sortir péniblement de sa poitrine : « Ah! pourquoi n'a-t-elle pas seize ans? »

Mon père entra! — Vous êtes bien silencieux, nous dit-il. — Aucun de nous deux n'eut la force de répondre.

Après un coup d'œil rapide, mais profond, mon père aussi pâlit et trembla : il avait tout deviné. Habitué dès long-temps à imposer silence à son visage, quand son cœur était le plus cruellement froissé, il reprit bientôt son attitude toujours sévère, mais toujours calme aussi, et nul dans le son de sa voix n'aurait deviné que la colère faisait bouillir tout son sang, quand il dit à son vieil ami de collége : « Viens, Frédéric, nous avons à causer ensemble. » Ils sortirent : je ne revis plus mon maître de dessin.

Je ne puis attribuer tout à fait à la discrétion de ma mère le silence qu'elle garda auprès de moi sur les particularités de ma dernière leçon. Je me plais à y reconnaître, encore aujourd'hui, la prudence toujours active de ce bon père, dont la sollicitude m'épargna tant de chagrins, et qui, par ses conseils du passé, semble encore par delà le tombeau veiller sur mon avenir.

Peu à peu le souvenir de M. D*** s'affaiblit dans ma mémoire. On m'avait désappris à parler de lui, par le silence obstiné qu'on m'opposait à chaque fois que je voulais amener la conversation sur ce sujet. De la scène pénible qui s'était passée entre nous je ne me rappelais presque plus rien; sinon l'exclamation qui lui était échappée au moment où il tomba épuisé sur le fauteuil : « Ah! pourquoi n'a-t-elle pas seize ans? » s'était-il écrié; et moi je me répétais dans le silence de mes rêveries : « Pourquoi n'ai-je pas seize ans? » C'est depuis ce jour que je me trouvais lente à vivre; je ne supportais, sinon patiemment, du moins sans me plaindre tout haut, la longueur des jours que comme on prend courage à marcher dans une route difficile, parce qu'elle conduit à un beau site, ou parce qu'elle doit enfin nous faire gagner un abri. Mon but, mon avenir, le point de l'horizon que j'avais sans cesse devant les yeux, c'était seize ans! Ces mots me semblaient renfermer la pensée de tous les mystères de la vie; c'était pour moi l'âge d'or, l'âge mûr, tous les âges heureux enfin : après cela venait la vieillesse. « Il y a des parens qui marient leurs filles à seize ans! me disais-je, il y a des mères de seize ans! » Et je m'imaginais que je ne vivrais jamais assez pour voir ma seizième année. Chaque soir en me couchant je répétais : « Mon Dieu! si je pouvais avoir seize ans demain! » Et le lendemain, en rouvrant les yeux, ma première pensée était : « Hélas! ce n'est pas encore aujourd'hui que j'aurai seize ans. »

Ici mon aimable conteuse fit une pause : elle me regarda en souriant, comme pour me demander pardon de ses enfantillages.

— A quoi pensez-vous? me dit-elle.

— J'écoute, repris-je.

Elle me sut gré de cette réponse et continua.

TROISIÈME SOUVENIR.

Le petit Mari.

Greuze a dû voir ce tableau-là quelque part, peut-être dans sa pensée.

T. MURET.

Il faut donc, mon ami, vous faire subir un à un tous ces graves événemens d'une existence bien calme de petite fille; tous ces immenses chagrins qui se dissipent à la vue d'une robe nouvelle, tous ces désespoirs affreux qu'on oublie pour ramasser une fleur tombée ou pour courir après un papillon qui s'envole. Ne riez pas trop cependant de ces peines du cœur qui nous paraissent aujourd'hui si puériles; les larmes d'un enfant trahissent aussi une souffrance; celui qui souffre mérite qu'on le plaigne, et n'importe à quel âge : qui a aimé, a souffert. Partout où il y a de l'amour, il y a du malheur, et dans mes souvenirs il y a de l'amour partout.

Quelques mois après la disparition de M. D***, mon maître de dessin, je fis une maladie assez grave pour alarmer vivement la tendresse de mes parens; notre bonne, pour me rassurer, me disait que mon mal me venait d'un excès de santé; pour moi, je me sentais faible et mourante, et bien souvent aussi je ne pouvais me rendre compte de mon état; car la fièvre qui brûlait mon sang était si violente que je perdais jusqu'au souvenir de moi-même. De singulières images se déroulaient devant moi, et je m'entendais parler une langue inconnue. J'ignore ce que je dis d'étrange dans mes heures de délire, mais dès le premier jour de ma convalescence, mon père, qui ne consentait pas facilement à se séparer de moi, m'apprit que mes études étaient suspendues pour tout l'été, et que j'irais passer cette saison chez un ami de la famille, qui demeurait au village de Pierrefonds. Ma bonne vieille Marguerite devait seule m'accompagner; on savait son affection presque maternelle pour moi, et ce qui rassurait surtout mon père, c'était la stricte et respectueuse obéissance qu'elle avait, comme nous tous, pour ses ordres souverains.

Les instructions qu'elle reçut étaient faciles : il ne s'agissait que de ne m'imposer aucun travail et d'imaginer tous les jours un nouveau sujet de distraction, enfin elle devait me fatiguer à force de courses et de plaisirs, me laisser toute liberté d'aller et de venir, à condition que je ne rentrerais à la maison que rendue de lassitude et tombant de sommeil. Le médecin avait ordonné pour moi cette activité inoccupée dans l'intérêt de mes forces physiques, jusque-là sacrifiées au développement trop rapide de mon imagination. « Pauvre petite! disait Marguerite dans les premiers jours de ma maladie; elle ne vivra pas, elle a trop d'esprit. — Folle, reprenait mon père, ce n'est pas la tête, c'est le cœur qui la tuera. »

Je partis. Les impressions de voyage sont si rapides à douze ans que, si je n'avais parcouru plus tard la belle route de Paris à Compiègne, je ne me rappellerais pas même l'aspect tout fantastique de Verberie, où, du haut de la montagne de sable, on cherche en vain les derniers vestiges du palais de Charlemagne; mais on y voit des fleurs, un fleuve d'argent qui roule ses flots brillans sur des plaines d'émeraude; et ces blanches fabriques avec leurs toits d'ardoises qui réfléchissent le soleil, et toute cette magie de la campagne, aux beaux jours de l'année, semblent nous dire que, si les rois ont dédaigné, plus tard, de fixer là leur demeure, la nature, fidèle aux temples qu'elle se choisit, dédommage assez les habitans de Verberie de la perte des pompes de la puissance, en se parant pour eux des plus riches attributs de sa royauté éternelle.

Ce spectacle, qui me frappa, fut bientôt effacé cependant par les beaux sites qui devaient glisser devant nous lorsque notre voiture nous emporterait à travers les imposantes solitudes de la forêt de Compiègne. Mes yeux ne suffisaient pas à mon admiration ; ils saisissaient avec avidité l'ensemble d'un tableau dont ils ne pouvaient que deviner à peu près les délicieux détails, mais je n'avais pas vu Pierrefonds ; aussi n'était-ce là que la belle introduction d'un livre rempli de pages bien plus belles encore.

Si j'étais poète, c'est à Pierrefonds que je voudrais aller rêver ; c'est, assise sur la meurtrière de la grosse tour, que je dirais mes vers au bruit des harpes éoliennes qui chantent et pleurent à son sommet.

Si j'étais peintre, c'est Pierrefonds que je voudrais reproduire sur la toile avec ses murs morcelés par la guerre, ses débris d'oratoire où Jesus ne fut pas sans doute le seul Dieu que la châtelaine invoqua ; là, tout est harmonie et tableau, et le souvenir qu'il laisse, même long-temps après qu'on l'a quitté, est comme un murmure poétique qui fait vibrer le cœur et réveille l'imagination.

Ce n'est pas ainsi qu'il m'apparut la première fois que j'y arrivai. Je ne vis que de vieilles et tristes pierres qui se tenaient debout comme à regret et dont la chute me semblait imminente ; d'ailleurs, j'étais plus pressée de courir que d'admirer : il y avait si long-temps que je piétinais dans la voiture pour dégourdir mes jambes fatiguées de repos. Nous étions attendues à l'entrée du village ; on me reçut chez l'ami de mon père comme un enfant de la maison que l'on a hâte de revoir. Ce fut vraiment comme une fête de famille, et depuis mon arrivée jusqu'au soir, on eût dit une procession dans le pays, tant il vint de visites chez mon hôte, le père Morand. Tous les habitans de Pierrefonds voulaient voir la petite malade de Paris, qui avait failli mourir, disait-on, parce qu'elle était trop savante. Cette croyance flattait à la fois et la vanité du père Morand et la tendresse de ma bonne Marguerite ; aussi firent-ils tout ce qu'il fallait pour l'accréditer de plus en plus, si bien qu'aujourd'hui encore les gens du pays disent aux enfans paresseux : « Ce n'est pas toi qui mourras du mal de la petite Parisienne. »

Après un jour de repos commença pour moi le mode de convalescence recommandé par le docteur, c'est-à-dire qu'on me mit la bride sur le cou ; et je dois avouer que jamais ordonnance de médecin ne fut si bien suivie : en quelques jours j'avais entièrement recouvré la santé. Marguerite ne soupçonnant pas qu'une surveillance continuelle dût être nécessaire, et d'ailleurs satisfaite de l'heureux effet de ses soins, avait fini par me laisser faire seule des excursions qui ne convenaient ni à ses habitudes sédentaires ni à ses forces. Je me liai d'amitié avec toutes les petites filles du pays ; je les suivais aux champs ; je revenais avec elles quand la journée de travail était finie, et j'étais l'âme de leurs jeux qui se prolongeaient quelquefois fort avant dans la soirée. C'était sur la pelouse des ruines que l'on se donnait rendez-vous ; là, bien des petits garçons venaient aussi se mêler à nos parties de cache-cache ; tous étaient bien accueillis, tous, ai-je dit, à l'exception d'un seul cependant. Il se nommait Jacques Perrin, mais on l'appelait Jacquot le borgne ; il était vacher ; son surnom vous dit son malheur.

Chagrine de le voir toujours repoussé avec dédain et mépris, quand il se présentait au milieu de notre bande joyeuse, je résolus de le prendre sous ma protection ; d'abord on se moqua de moi, puis on finit par le souffrir ; enfin, bientôt après, on ne remarqua plus que son absence, car il n'était pas le moins gai de la troupe, et c'était lui qui nous indiquait toujours nos meilleures cachettes. Comme il me devait son admission à nos jeux d'enfans, Jacquot me montrait une prédilection que j'attribuais à sa reconnaissance; mes petites camarades lui donnèrent un autre nom. Bref, je fus bientôt madame Jacquot pour tous les enfans du village, et comme on accepte volontiers ces ménages improvisés, je ne demandai pas mieux que de le nommer mon petit mari.

C'est de là que datent mes premiers pas dans une route où je fis tant de chemin. Ne vous y trompez pas, mon ami, le chapitre du petit mari est plus important qu'on ne le pense dans l'histoire d'un cœur de jeune fille. Ce n'est qu'un sentiment vague, une lueur incertaine, d'accord ; mais ils révèlent à l'esprit le besoin des entretiens intimes et la nécessité de tromper les surveillans ; ils enseignent peu à peu l'art des prétextes, des détours et des mensonges ; on en tient peu compte d'abord ; mais on s'en souvient après pour être plus adroite et plus rusée, quand la véritable passion est venue.

Bien que mon amour-propre dût être peu flatté du mari que l'opinion m'avait donné, je m'attachai cependant avec plaisir à cette idée d'avoir en ce monde un cœur qui comprît le mien, comme s'il y avait eu de l'orgueil pour moi à être la choisie de M. Jacquot le borgne. Mes courses dans la campagne recommençaient bien tous les jours, mais ce n'étaient plus les petites filles que je suivais aux champs; j'allais, cherchant où mon petit mari avait mené paître ses vaches, et d'un peu fière et belle demoiselle que j'étais avec lui, je devins peu à peu son égale, puis son esclave. S'il me défendait de retourner à la maison à l'heure où j'avais promis de rentrer, je restais soumise auprès de lui, et même, je crois, heureuse de ma soumission. A mon retour, je trouvais Marguerite inquiète; il fallait mentir pour la rassurer. M. Jacquot était devenu jaloux ; il fallait mentir de nouveau pour détruire ses soupçons. M. Jacquot était désireux des beaux fruits du père Morand ; il fallait mentir sur mon appétit pour satisfaire sa gourmandise. M. Jacquot voulait porter cravate le dimanche comme les fils du fermier ; il fallut mentir encore à ma bonne Margerite, feindre d'avoir perdu ma bourse et me la faire rapporter par Jacquot, à qui, en faveur de sa probité convenue entre nous, je donnai un écu de trois francs, ce qui lui permit d'être ce qu'il appelait « aussi brave que les plus huppés de la paroisse. »

En même temps que ma dépendance, mon amour d'enfant augmentait; je l'avais si bien pris au sérieux, qu'une fois, que je devais me rendre à un village prochain, avec M. Morand et ma bonne, je me levai à la clarté douteuse des premières lueurs du jour, et j'écrivis à mon petit mari pour lui demander pardon de mon absence involontaire. Le malheureux ne savait pas lire! Ma lettre, restée par mégarde dans la poche de sa blouse, tomba entre les mains de son père. Celui-ci la rapporta à M. Morand, mais non sans avoir châtié sévèrement mon petit mari, à qui le soin du ménage avait fait oublier de veiller, comme il le devait, aux invasions de ses vaches dans le champ des voisins.

Jacquot ignorant, Jacquot maladroit, Jacquot battu surtout, cessa de me paraître une puissance. Je rougis d'avoir vu en lui autre chose qu'un petit vacher borgne et gourmand, et, quand mon père me rappela à Paris, je pris gaîment congé des habitans de Pierrefonds. Jacquot me regarda partir d'un air tout piteux; son cœur était gros de soupirs et ses yeux rouges de larmes. Son chagrin me toucha peu : je ne l'aimais plus.

Voilà pourtant celui qui, le premier, m'apprit à pleurer et à mentir; c'est aussi la première illusion que je perdis ; je ne la regrettai pas longtemps : il m'en restait tant à perdre encore !

QUATRIÈME SOUVENIR.

Ma première Amie.

> Enfin, j'eus aussi mon roman; mais, hélas! ce n'était qu'un conte fait à plaisir.
>
> E. STAWSON.

Malgré les soins d'une prudence assidue, vous le voyez, mon ami, tout devenait danger pour moi ; ma fierté naturelle était une faible égide contre mes jeunes désirs, et ce cœur, sur lequel mon père veillait avec tant de sollicitude, se faisait de la moindre circonstance un prétexte pour aimer : il n'attendait plus qu'un obstacle pour se donner tout entier.

La prévoyance paternelle retarda encore cet instant où je ne devais plus vivre que de la vie d'un autre, où tous mes plaisirs, comme toutes mes peines, devaient me venir de la même source : de mon amour pour lui.

Lui, dans mon imagination, ne voulait pas dire plutôt celui-ci que celui-là : c'était quelqu'un, vous peut-être si le hasard vous eût amené devant mes yeux. J'étais pressée d'aimer, voilà tout ce que je puis vous dire, et le premier à qui j'engageai mon âme ne remporta qu'une victoire facile : j'étais à lui avant de le connaître.

Le temps n'est pas encore venu où je dois vous confier le grand événement de ma vie, il faut prendre patience à mon récit : les souvenirs de mon enfance sont loin d'être épuisés ; je viens d'atteindre seulement ma douzième année, et ce n'est qu'à seize ans que commence la jeune fille.

— Au moins, Marie, lui dis-je, étiez-vous déjà bien avancée pour votre âge?

— J'en conviens, mes progrès furent rapides ; gardez-vous cependant de voir en moi un prodige de précocité : c'est ma franchise seule qui me singularise un peu. Ce que j'avoue sans peine à votre amitié, d'autres enfans, de mon âge d'alors, le cachent aujourd'hui dans leur cœur, sans que vous le soupçonniez. Ce besoin inquiet, ce trouble de l'âme, ils l'éprouvent comme je l'éprouvais moi-même, je ne dis pas incessamment ; mais, ne fût-ce qu'un éclair rapide, qu'un mouvement imperceptible, chacun ressent plus ou moins les symptômes de ce mal dont j'eus toutes les fièvres : l'innocence consiste à ne pas savoir quel nom lui donner. Je reprends. Il avait été convenu entre mes parens que je ne continuerais pas mes études à la maison ; mon père voulait bien que j'eusse encore des compagnes pour me distraire de mes rêveries, mais il savait par M. Morand l'histoire du petit mari : aussi se décida-t-il à me mettre en pension. Là, du moins, les heures de récréation devaient moins l'effrayer pour moi : je n'y pourrais plus jouer au ménage.

Je me résignai, ou plutôt j'acceptai avec joie le parti que mon père avait pris dans l'intérêt, me disait-il, de mon éducation. La perspective d'une existence nouvelle me présente toujours une idée de bonheur. Je n'aime pas à savoir mon sort fixé ; je veux croire à l'avenir, et bien que persévérante dans mes affections, comme soumise à mes sermens, je sens que les entraves de la société pèsent à mon esprit et me gênent ; je voudrais que la fidélité qu'on nous impose fût une conviction du cœur, et non une loi froidement écrite dans le code. Avec les bonnes dipositions que je me connais, je me sentirais plus de courage pour la vertu, si elle n'était pas commandée. Il y aurait tant de mérite, ce me semble, à porter une chaîne que l'on peut rompre ! Le devoir, accompli par la seule force de notre volonté, nous élèverait si haut dans notre propre estime, qu'elle en ferait un plaisir, et, grâce au libre arbitre, ce qui n'est qu'un sacrifice deviendrait un sentiment. Pardon encore une fois, mon ami, pour ma morale peut-être trop facile ! mais, suivant moi, le bien ne sera véritablement bien que lorsque la crainte du châtiment n'empêchera plus de faire le mal.

— Ainsi, madame, il faudrait, selon vous, jeter les codes au feu et supprimer les juges ?

— Il en est un que je ne récuse pas: c'est la conscience. Mais il est temps, je crois, de partir pour ma pension. Tandis que je cause à l'aventure, ma bonne Marguerite prépare mon trousseau; Jean, notre portier, est allé chercher la voiture qui doit m'emmener loin de ma famille. Me voilà pour jusqu'aux vacances prochaines étrangère à la maison paternelle; j'ai reçu les recommandations de mon père ainsi que son baiser d'adieu. Maman a mis son châle et son chapeau. Nous sommes en route.

Mon installation au pensionnat de madame Férier ne fut marquée par aucun événement qui mérite d'être rapporté : une larme à ma mère que je quittais, un sourire amical à mes nouvelles compagnes de la seconde classe, et puis la sous-maîtresse m'indiqua ma place au pupitre de la grande table. Je me mis à travailler en jetant à droite et à gauche un regard furtif et curieux sur toutes ces figures que l'esclavage du devoir essayait en vain de rendre muettes et sans physionomie. On chuchotta quelque temps autour de moi ; mais la sous-maîtresse imposa bientôt silence aux jaseuses, et je n'entendis plus rien qu'un rire moqueur, qui interrompait de temps en temps le travail assidu des élèves ; encore ce bruit était-il si léger que, pour le saisir au passage, il me fallait avoir l'attention curieuse d'une nouvelle venue à tout ce qui se passe autour d'elle. Il me tardait de voir arriver l'heure de la récréation pour lier enfin connaissance avec mes jeunes camarades d'étude et me choisir une amie parmi elles, si toutes ne voulaient pas se laisser aimer par moi. Ce moment arriva bientôt : ce fut un murmure de voix, un tumulte de cris, un piétinement si bruyant, dans cette classe tout à l'heure si sévèrement silencieuse, que j'en fus tout étourdie. On m'entoura, on me foudroya de regards, on m'accabla de questions ; cinq minutes ne s'étaient pas encore passées depuis que la cloche nous avait appelées à la liberté, que je savais les noms et l'âge de toutes mes nouvelles amies, comme toutes aussi savaient déjà les miens. Après un tour de promenade dans le jardin, j'étais la confidente intime de mes deux voisines de la grande table, et le soir, après la prière, je tutoyais tout le dortoir. Les enfans seuls vont vite en amitié : c'est qu'ils ne sont pas arrêtés comme nous par la défiance, qu'on appelle sagesse, et l'intérêt personnel, qui prend le nom poli de convenances. Une semaine après mon entrée dans la pension, ce choix d'amie, qui m'inquiétait si fort le premier jour, était fait ; j'étais bien avec toutes mes compagnes de la grande table, mais j'étais mieux encore avec ma petite voisine du côté gauche. Clémence avait deux ans de plus que moi ; mais ma tête active, comme vous savez, avait bien aussi deux ans de plus que mon âge.

Ce fut la conformité de nos goûts et de nos pensée qui me décida en sa faveur ; seulement je la trouvai plus avancée que moi dans le chemin que mon instinct d'amour avait déjà fait. Ce que j'entrevoyais faiblement, ses regards l'embrassaient avec ardeur ; j'y mettais de la mélancolie ; elle, toute l'énergie de son imagination méridionale ; ce n'était pour moi qu'un beau rêve, pour elle c'était presque déjà de la réalité ; je ne faisais que soupçonner encore, mais Clémence avait tout deviné ; enfin je n'écoutais que mon cœur ; elle, plus audacieuse, interrogeait ses sens et les forçait à lui répondre. Pauvre enfant ! elle mourut jeune femme, victime des soupçons injustes d'un époux ; moi seule je l'ai regrettée, car elle était deux fois à plaindre, d'abord pour son malheur, et puis elle ne savait aimer que pour elle !

Nous eûmes bientôt épuisé le chapitre des confidences ; Clémence n'avait rien à me dire qui ne lui fût entièrement personnel ; élevée par sa mère, veuve, et qui ne faisait ni ne recevait aucune visite, c'est dans l'ennui de cette solitude continuelle que la jeune enfant avait senti s'éveiller en elle le besoin de se peupler un monde et de se faire un bonheur qui fussent son propre ouvrage. Plus tard, le monde réel et le bonheur qu'il donne vinrent détruire ceux qu'elle s'était créés ; Clémence n'y trouva que mécompte et désenchantement ; faible et folle, elle voulut lutter contre eux et s'y brisa.

Nous ne soupçonnions guère qu'ainsi devait finir le joli roman que nous aimions à dérouler dans nos entretiens de la récréation ; privées, que nous étions, de l'embellir d'incidens possibles, nous résolûmes d'imaginer nous-mêmes les événemens qui manquaient aux développemens de notre fable, et nous voilà chaque jour à combiner une histoire d'amour qui se ressentait de la diversité de nos caractères ; notre héros portait bien le même nom, mais qu'il était peu le même personnage ! Cependant, quand les premières données de notre roman furent arrêtées entre nous, Clémence me décida à prendre un rôle dans ce drame ignoré ; je choisis celui de l'héroïne, et dès ce moment ce fut entre nous une correspondance de tous les jours ; il y avait une amende pour celle de nous deux qui ne déposerait pas une lettre, le soir, sous l'oreiller de son collaborateur.

Bien que la pensée des derniers momens de la malheureuse Clémence attriste singulièrement le souvenir de cette folie de ma jeunesse, je ne puis sans sourire penser à notre roman par lettres, si bizarre dans ses combinaisons, si étrange de style et d'événemens. A mes lettres au beau jeune homme à la chevelure blonde, Clémence répondait au nom de notre héros : « Je t'envoie une boucle de mes cheveux noirs. » Je blanchissais le teint d'Arthur ; elle le rebronzait au feu de son soleil d'Espagne. A chaque fois que je détruisais un obstacle et que je conduisais nos amans au bonheur, Clémence leur donnait un rendez-vous de suicide. En vain je mettais toute mon éloquence à persuader des parens injustes et prévenus, et à faire passer dans leur cœur tout l'attendrissement que je sentais dans le mien ; à peine le mariage des héros était-il convenu que Clémence gâtait tout par un enlèvement inopportun ou tout autre incident désastreux qui rendait le dénouement impossible. Je ne saurais vous dire que de coups d'épée et que de fièvres il m'a fallu guérir. Le roman durait depuis six mois et nous ne pouvions plus calculer où il s'arrêterait, lorsqu'une des lettres de Clémence que je laissai sous mon oreiller tomba entre les mains de la sous-maîtresse.

Tandis que madame Férier me faisait appeler auprès d'elle, Clémence brûlait le reste du manuscrit ; ensuite elle revint froidement reprendre sa place au pupitre.

CINQUIÈME SOUVENIR.

Cours de Morale.

> Tandis qu'elle parlait, le voile qui couvrait mes yeux tomba.
>
> J. GRIBNER.

— Approchez, Marie, me dit madame Férier en jetant sur moi le coup d'œil le plus sévère. Reconnaissez-vous cette lettre ? reprit-elle d'un ton qui n'avait rien de rassurant pour moi.

J'étais pourpre de honte et tremblante aussi de crainte ; car dans ses yeux je croyais voir le regard froid et profond de mon père, et dans cette voix qui m'interrogeait brusquement, c'était encore la voix de mon père que je croyais entendre. Il fut au monde quelqu'un que je n'ai jamais pu tromper : c'était cet ange gardien de ma jeunesse, devant qui le mensonge me semblait impossible. J'allais donc parler à madame Férier comme j'aurais parlé au seul ami vrai que j'ai trop peu de temps, hélas! possédé ici-bas ; mais elle arrêta la vérité près de sortir ingénue de mon cœur, en continuant par ces mots qu'il ne m'eût pas dit, lui, dont la prudence éclairée mettait à si haut prix ma franchise, qu'il croyait devoir une récompense à chacun des aveux que je lui faisais de mes fautes.

— Songez bien, mademoiselle, me dit donc madame Férier, que je ne saurais voir un enfantillage pardonnable dans l'écrit scandaleux qu'on vient de me remettre ; si ce billet est de quelqu'un que je puisse ou chasser ou punir, justice en sera faite ; si celui qui vous a fait parvenir cette lettre n'est pas sous ma dépendance, celle qui s'est prêté à cette ridicule intrigue, fût-elle la meilleure de mes pensionnaires, sera renvoyée honteusement de la maison. D'ailleurs, vous auriez beau chercher un mensonge pour tromper ma surveillance, vos adroits détours de petite fille ne sauraient m'abuser; grâce au ciel, je connais toutes vos ruses, et mon expérience me met en garde contre les excuses que vous pourriez me donner.

Ce langage de la menace, auquel je n'étais point accoutumée, ce doute qu'elle concevait, tout d'abord, sur ma sincérité, révoltèrent ma jeune âme et firent rentrer en moi la confiance que je voulais avoir pour elle; une pensée de rébellion traversa mon esprit, et, dans l'irritation de mon cœur, je me dis à part moi : — Crie, comme ma mère crierait, emporte-toi comme elle; comme elle aussi tu ne sauras jamais rien de moi. — L'effet de ses dures paroles produisit une révolution dans mon sang : j'étais rouge de confusion, en arrivant auprès de madame Férier; en l'écoutant, je devins pâle d'indignation ; elle prit ma pâleur pour l'aveu muet d'une faute, et continua :

— Vous pâlissez : donc, vous vous avouez coupable ; cette lettre était pour vous, et quand bien même vous sauriez, comme tant d'autres, supporter d'un front calme les yeux de votre juge et affecter la candeur pour le tromper, ce n'est pas moi qui serais votre dupe ; j'ai vu assez d'hypocrites de votre âge pour les deviner du premier regard.

Ces paroles furent pour moi comme un trait de lumière ; j'avais ignoré, jusque alors, que le visage aussi pouvait mentir. Madame Férier me fit comprendre de quelle importance pouvait être dans la vie l'art difficile, peut-être, mais toujours nécessaire, de se faire une physionomie paisible afin de détourner le soupçon qui nous guette et l'intérêt qui cherche à deviner notre cœur sur nos traits. J'étais en ce moment placée auprès d'une glace, et tout en écoutant parler ma sévère maîtresse de pension, je m'étudiai à donner à ma figure l'expression d'innocence et de repos qu'elle m'enseignait comme le meilleur moyen de répondre à une accusation même méritée. L'essai me paraissant heureux, je me promis tout bas de me perfectionner durant mes heures de liberté. Comme je ne répondais pas, madame Férier persista dans sa supposition d'un crime énorme, lorsqu'il n'y avait qu'imprudence légère. Elle crut devoir interpréter mon silence, et reprit avec un sentiment d'ironie :

— Vous vous taisez, mademoiselle, et je sais bien pourquoi : vous craignez que le trouble de votre voix ne vous condamne, et vous cherchez à la rendre calme comme votre physionomie, si habilement étudiée en ce moment. Dieu merci, nous n'ignorons aucun de vos petits artifices; vous aurez beau faire : ce qui persuade les autres ne saurait ébranler ma conviction.

Chaque mot de madame Férier était une révélation nouvelle; elle m'apprenait, par ses reproches imprudens, que non seulement le visage devait tromper, mais qu'il fallait savoir mentir jusque dans le son de la voix. Je la remerciai intérieurement des utiles avis qu'elle me donnait pour l'avenir, et, voulant les mettre dès ce jour à profit, je répondis avec une tranquillité qui m'effraya moi-même :

— J'ignore absolument, madame, d'où vous est venue cette lettre : on dit que c'est sous mon oreiller que mademoiselle Armand l'a trouvée ; pour moi, c'est la première fois que j'entends parler de M. Arthur.

En prononçant le nom du héros de notre roman, j'avais une envie de rire presque impossible à vaincre ; mais, comme je voulais me montrer la digne élève de madame Férier, je m'observai si bien que la clairvoyante maîtresse de pension ne s'aperçut pas du mouvement de gaîté qui se passait en moi : mon visage ne bougea pas ; le son de ma voix n'en fut point altéré ; bref, j'étais déjà en progrès.

— Ah ! vous ne connaissez pas M. Arthur ? C'est possible ; une autre pourrait vous absoudre peut-être sur cette simple négation ; mais, je vous l'ai dit, je ne suis pas si facile, voyez-vous, et, s'il ne vient ici personne de ce nom, je sais bien aussi que, pour fausser les soupçons et se soustraire à un châtiment mérité, on prend un nom imaginaire, et sous le voile de cet ingénieux pseudonyme on croit pouvoir, sans danger, braver la surveillance et jeter les esprits dans le vague des conjectures. Cette tactique, toute habile qu'elle soit, ne saurait réussir auprès de moi, Marie ; il vous faut d'autres détours que celui-ci ; je ne me paie pas de si peu.

La leçon, vous le voyez, continuait de plus en plus instructive et intéressante pour moi ; avec les mensonges du visage et de la voix ma maîtresse m'enseignait aussi à faire mentir le nom. Voilà encore un conseil dont j'espérais bien profiter plus tard. Madame Férier était trop jalouse de me prouver toute son expérience pour s'arrêter en si beau chemin ; j'étais trop avide de m'instruire pour ne pas prêter toute mon attention à celle-ci qui, croyant prévenir mes excuses, me faisait suivre un cours de ruses et d'hypocrisie, à l'usage des enfans précoces.

Elle reprit :

— Comme il m'est prouvé que votre correspondant connaît parfaitement les localités de la pension, il faut donc que ce soit un de mes professeurs : je les chasserai tous.

— Ce serait une injustice, madame, et d'abord ne l'auriez-vous pas déjà reconnu, rien qu'à l'écriture de cette lettre ?

— A d'autres, mademoiselle, une pareille excuse ; ne sait-on pas qu'il y a des gens habiles qui ont le secret de rendre leur écriture méconnaissable ? Avec un peu d'exercice, on en vient facilement à bout.

— Bien, me dis-je tout bas, dès aujourd'hui j'en essaierai, et, pour mieux déguiser la mienne, c'est de la main gauche que je veux m'exercer à écrire.

— Pourquoi ne me dites-vous pas, Marie, afin de mieux me donner le change, que ce billet impertinent est le fragment d'un livre qu'il vous a plu de faire copier ? Mais, quand vous auriez mis en tête le titre inventé ou réel d'un roman, je ne me contenterais pas encore de cet aveu mensonger ; c'est bon pour des parens aveugles de se faire illusion à ce point sur la vérité : ce n'est pas encore à cela que je me laisserai prendre.

— Aussi, madame, répondis-je, n'ai-je pas pensé à vous le dire. Et intérieurement je continuai : C'est encore un moyen que je n'oublierai pas. J'inventerai des titres de livres pour tous mes billets doux ; du moins, si ma mère en trouve un, elle ne pourra ni s'en fâcher, ni me le reprendre.

— Pauvre sotte ! me dit encore madame Férier, souvenez-vous bien que vous ne me trouveriez pas plus crédule alors même qu'une instruction bien autrement variée que la vôtre vous permettrait de me dire que cette lettre est un morceau de prose traduit d'un auteur étranger : thème supposé ou version imaginaire, quelque nom que vous lui donneriez, je devinerais, malgré vous, qu'il y a là-dedans offense au respect que vous devez à ma maison, quand vous pourriez espérer de me faire croire aux heureux résultats de vos études. D'ailleurs, cette ressource vous manque : vous n'en êtes pas encore à apprendre les langues étrangères.

— Non, repris-je à part moi, mais cela ne tardera pas.

Deux mois après cette scène, mon père, cédant à mes instances, m'avait donné un maître d'anglais.

Le désir de se montrer intrompable à mes yeux avait fait oublier à madame Férier la dignité de son rôle de maîtresse de pension auprès d'une jeune élève d'un peu moins de treize ans ; elle avait cru me confondre par son expérience clairvoyante, et n'avait fait qu'illuminer pour moi la route encore si peu connue de la malice et des détours féminins. J'aurais avoué naïvement ma faute et senti peut-être un peu de repentir, s'il ne m'avait fallu répondre qu'à de doux reproches ; elle menaçait au lieu d'interroger avec calme : je me crus dispensée même de la justification qu'elle était en droit de me demander. Rien dans ses paroles n'attirait les miennes franches et naïves, comme je les sentais d'abord sur mes lèvres ; je me contentai de nier que la lettre fût pour moi, et, comme mes réponses ne paraissaient pas la satisfaire, loin d'essayer de la convaincre, je finis par garder un silence absolu. Je m'inquiétai peu du chemin que ses soupçons pouvaient faire ; j'ai toujours eu pour habitude de n'attacher aucun prix à la confiance de ceux qui ne semblent pas mériter la mienne.

Je n'avais donc ni crainte ni remords auprès de madame Férier ; mais je me sentais de l'admiration pour elle ; presque aussi de la reconnaissance pour tout ce qu'elle m'avait appris. Encore cette fois j'appelai de tous mes vœux cette seizième année, déjà si impatiemment attendue ; il me tardait tant d'éprouver l'efficacité de ses leçons !

Jusqu'au jour où je me vis dans la nécessité de mettre en usage les conseils involontaires de ma maîtresse de pension, j'éprouvai un véritable sentiment de respect pour sa connaissance approfondie des ruses d'une jeune fille ; mais, lorsqu'il fut question pour moi de lutter chaque jour contre les soupçons et la surveillance, l'admiration, qu'elle m'avait inspirée d'abord, diminua de beaucoup ; je m'aperçus bientôt que la bonne dame n'en était encore qu'à l'A B C de cette science difficile ; son amour-propre l'avait aveuglée sur son ignorance, et plus d'une fois je me pris à m'écrier, quand l'instinct m'avait mieux servie que le souvenir de ses leçons : « Ah ! madame Férier, vous n'aviez pas deviné ce tour-là ! »

Mon entrevue avec ma maîtresse de pension n'eut pour résultat que de me soumettre à un espionnage de tous les instans. Un professeur fut renvoyé, sous un prétexte dont je ne me souviens plus. Clémence et moi nous devînmes plus circonspectes, et si, dans nos heures de récréation, nous nous avisions encore de rebâtir ensemble un roman d'amour, au moins évitions-nous avec soin de confier au papier le mystère de nos pensées.

Madame Férier ne manqua pas d'instruire mon père de tout ce qui s'était passé. Il vint me voir, me prit à part et m'interrogea :

— De quel enfantillage est-on venu me parler ? me demanda-t-il.

Je lui racontai tout avec la sincérité dont j'usais habituellement avec lui ; il me connaissait trop bien pour me soupçonner capable d'un mensonge ; aussi se contenta-t-il de répondre à ma justification :

— Voilà un roman qui devait être bien ridicule ; à la place de madame Férier, je t'aurais assez sévèrement punie, je crois, en te forçant à lire votre belle correspondance devant toutes les classes assemblées.

L'idée d'une lecture publique me fit rougir d'humiliation ; je sentis que c'était la pénitence la plus sensible que l'on aurait pu imposer à ma vanité d'écrivain ; car, à ces paroles de mon père, mon amour-propre trembla, comme si sa menace avait pu encore se réaliser.

SIXIÈME SOUVENIR.

Cécile la boudeuse.

Une voix venue du ciel ne l'avertit pas du danger ; que faisait alors son bon ange ?
U. ROBERTS.

Roman, travail, compagnes d'études, un jour vint qu'il fallut tout quitter, et ce jour fut bien beau ! J'avais su mériter tant de couronnes par mon assiduité studieuse, que ma meilleure amie, Clémence elle-même, n'avait pu se défendre d'un sentiment de jalousie, en entendant proclamer jusqu'à dix fois mon nom à la distribution des prix. Ma mère qui, peut-être, me rendait justice au fond du cœur, mais dont la tendresse pour moi n'allait jamais jusqu'à l'enthousiasme, était tout émue de plaisir et se surprenait à mêler, sans le vouloir, ses applaudissemens à ceux de l'assemblée, chaque fois que madame Férier me nommait pour un prix nouveau. En ce moment, je redevins ce que j'aurais dû toujours être, une simple, mais bien glorieuse élève de treize ans : la joie de mes succès me rendit pour quelques heures à la candeur et aux pensées de mon âge. Assez heureuse du baiser paternel dont M. le maire de notre arrondissement accompagnait le don de chacune de mes couronnes, je ne m'avouai que plus tard, qu'il m'aurait été tout aussi doux de me voir couronnée seulement par M. le maire, puis embrassée ensuite par M. Ernest, le neveu de madame Férier, joli blond d'un peu plus de seize ans, qui rougissait comme une jeune fille, et dont les grands yeux noirs s'allumaient à nos regards et nous dévoraient toutes.

N'allez pas croire, mon ami, que M. Ernest soit pour quelque chose dans l'histoire de mes jeunes émotions : il est au nombre de ceux qui m'ont fait rêver tout un jour, faute de savoir à quoi penser.

— Et qu'aviez-vous besoin, demandai-je à Marie, de rêver à M. Ernest ?

— Vous m'interrogez, reprit-elle, du ton d'un juge sévère ou plutôt de celui d'un mari jaloux ; c'est-à-dire que votre question ne mériterait pas de réponse. Mais vous n'êtes ni mon juge ni mon mari : voilà pourquoi je veux bien encore m'expliquer franchement avec vous. Sachez donc, mon cher confident, que le cœur d'une jeune fille, une fois éclairé sur son avenir tout d'amour, ne peut plus rester inactif ; il faut un aliment à ce besoin d'aimer sans cesse renaissant, et, quand il n'en trouve pas dans une passion véritable, l'imagination veille à ce que notre cœur ne s'use pas faute d'être occupé. En dépit de sa vertu, souvenez-vous bien que la plus sage a des caprices involontaires, et que le moins fat des hommes, pourvu qu'il ne soit ni trop mal tourné, ni d'une laideur trop repoussante, a été l'objet des tendres pensées de quelqu'une de nous, et s'estimerait à bien haut prix s'il pouvait soupçonner toutes les conquêtes qu'il a faites.

L'époque des vacances était arrivée : la distribution des prix venait de finir : Je dis adieu pour six semaines à mes camarades de la classe, et je montai en voiture avec ma mère. Parmi mes jeunes amies, il en était quelques unes que je ne devais plus retrouver à la pension, lorsque le 15 octobre amènerait la reprise des études. Aussi, avant que les chevaux de notre voiture m'emportent au château d'A***, où je dois passer le temps des vacances, vous me permettrez, mon ami, de donner un souvenir à la plus intéressante de nos pensionnaires : la pauvre Cécile, que nous avons d'abord surnommée la boudeuse, faute de savoir quel nom donner à son goût pour la retraite et l'isolement.

Il y avait environ trois mois que j'habitais la maison de madame Férier, quand on y amena une grande et belle jeune personne, qui paraissait bien plutôt en âge de sortir de pension que d'y entrer pour commencer ses études : c'était Cécile Evrard. Son arrivée fut pour nous, pendant toute une semaine, un inépuisable sujet de railleries ; et, comme elle n'appartenait à aucune classe, madame Férier la gardant sans cesse auprès d'elle, il nous semblait très plaisant de nous figurer la grande pensionnaire étudiant l'alphabet ou faisant des jambages ; d'ailleurs, sa sauvagerie ordinaire avec nous n'était pas de nature à nous rendre indulgentes pour elle : aussi ne trouvions-nous rien de mieux pour la tourmenter que d'aller, à l'heure de la récréation, troubler sa solitude chérie pour lui demander si elle n'allait pas bientôt passer dans les bleues (c'était ainsi que l'on nommait la classe des toutes petites pensionnaires). Cécile feignait de ne pas nous entendre, et ne répondait jamais à nos questions d'espiègles. Fatiguées que nous étions à la fin de la harceler sans cesse sans en obtenir une parole, nous nous contentâmes, pour nous venger de son silence, de la désigner entre nous sous le nom moqueur de *la boudeuse*. Elle le sut, ne s'en plaignit pas et n'en continua pas moins à s'éloigner de nous : elle voulait être seule pour pleurer. C'est encore une histoire d'amour que je vais avoir à vous raconter ici ; mais autant la mienne doit vous paraître simple et puérile, autant celle-ci est étrange et terrible ; il n'y avait de ma part qu'imprudence et folie ; pour Cécile il y eut presque crime, et surtout du malheur.

Cécile Evrard était fille d'un négociant que les soins de son commerce appelaient souvent en Amérique. En rapprochant l'époque d'un de ses voyages de celle de la grossesse de sa femme, le négociant comprit que son absence n'avait pas toujours été sans danger pour la vertu de madame Evrard. Une presque séparation de ménage fut le résultat de cette pénible certitude ; mais, soit faiblesse ou raison, le négociant n'en marqua pas moins d'estime et d'intérêt pour sa femme, durant les quelques jours qu'il se vit forcé de rester à Paris, pour assister à la naissance et au baptême de Cécile. Quinze ans ensuite se passèrent, durant lesquels M. Evrard ne revint plus en France ; lorsque les intérêts commerciaux le rappelèrent enfin dans sa patrie, Cécile n'était déjà plus une enfant. Le temps avait affaibli dans l'âme du mari le sentiment de répugnance qu'il pouvait avoir conçu pour celle qui avait trompé son amour ; il vécut auprès d'elle en bon et honnête mari, mais ne lui rendit pas sa tendresse. Cependant M. Evrard avait le cœur aimant et facile surtout à impressionner. La vive affection qu'il avait ressentie autrefois pour sa femme, il la reporta sur une jeune et jolie fille d'un peu plus de quinze ans, qui vint à sa rencontre et se précipita dans ses bras, en l'appelant : Mon père ! Cécile, dès les premiers mots que M. Evrard lui dit, trouva qu'il lui serait facile de l'aimer de tout son amour filial ; pour M. Evrard, quelques jours d'intimité s'étaient à peine passés, que tout ce que la passion peut avoir de violence dans un cœur de quarante ans se développa dans le sien ; il aimait Cécile comme on aime d'un premier amour.

Madame Evrard redoutait avec quelque raison l'instant où son mari serait enfin contraint d'habiter pour toujours la même maison que la sienne : ce temps était arrivé, et le négociant, qui avait renoncé à ses voyages, renonça bientôt aussi à son commerce pour se consacrer tout entier à l'éducation de l'enfant qui ne lui devait point le jour. Si ces soins furent d'abord une grande consolation et une tranquillité d'esprit aussi heureuses qu'imprévues pour la femme infidèle, ils devinrent peu à peu un motif d'inquiétude vague, mais incessant, pour la jeune fille, qui n'avait pas compris ainsi ce que, dans l'innocence de son âme, elle nommait tendresse filiale. La présence de son père était devenue aussi nécessaire à

Cécile qu'elle-même était indispensable à son nouvel ami. Veilles, patience, plaisir, douces paroles, M. Evrard lui prodiguait tout, et de son côté la jeune fille, qui se sentait de plus en plus gênée et tremblante auprès de lui, n'avait pas une pensée, ne formait pas un vœu qui ne se rapportât à son père ; il était son rêve de tous les instans ; elle était le désir, le besoin de toute sa vie.

Commencée au milieu des études les plus assidues, cette passion mutuelle, qu'ils ne s'avouaient pas, se développait dans les fêtes, dans les bals, dans les soirées de spectacles ; car partout où M. Evrard voyait un prétexte de plaisir pour Cécile, il en profitait, afin de mériter de mieux en mieux l'affection de cette enfant dont l'amour faisait toute sa joie. Les yeux clairvoyans d'une mère ne pouvaient rester long-temps fermés aux progrès de cette intrigue qui marchait à grands pas vers sa catastrophe. Un jour, elle surprit un regard ; une autre fois, ce fut une pression de mains qui l'éclaira ; des paroles murmurées à voix basse sonnèrent péniblement à son oreille ; elle interrogea ses souvenirs, rapprocha les circonstances, commenta jusqu'aux baisers qui suivaient ordinairement les leçons paternelles, et, tout effrayée de l'abîme où la séduction entraînait Cécile, madame Evrard voulut enfin avoir une explication avec son mari. L'entrevue eut lieu dans un pavillon de leur jardin. On croyait la jeune fille occupée de ses leçons du matin, mais Cécile avait surpris quelques mots étranges touchant ce rendez-vous. Cécile était jalouse de sa mère ; elle résolut de tout entendre; mais ce qui devait l'éclairer sur les dangers de sa position ne fit que la rendre plus coupable encore.

M. et madame Evrard se croyaient seuls, ils parlèrent sans ménagemens; en épouse irritée, en mère prévoyante, l'une oublia sa faute pour reprocher à l'autre l'abus de confiance qu'il s'était permis envers une innocente fille. Cécile, l'oreille clouée à la porte du pavillon, retenait son souffle, et d'une main convulsive comprimait son cœur, dont les pulsations l'effrayaient. Chaque mot que prononçait madame Evrard était un nouveau trait de lumière pour la malheureuse enfant ; elle apprit de quel amour elle s'était imprudemment embrasée, et soudain un projet de suicide roula dans son esprit : le silence de M. Evrard lui montrait combien elle était coupable.

Cependant il parla bientôt après que sa femme eut fini de lui reprocher son infamie; alors ce n'était plus le père coupable qui cherchait à se justifier, ce fut l'époux outragé qui se chargea de répondre; il rappela le passé dans toute sa vérité nue, demanda quel lien du sang pouvait exister entre lui et l'enfant de l'adultère; le crime ne venait pas de l'époux, mais bien de la femme qui avait trahi ses sermens; quant à lui, il se croyait dégagé des siens par l'offense. « C'est votre enfant, lui disait-il, et non pas le mien; et comment l'eussé-je aimée, si ce n'est d'amour ? car autrement ne devais-je pas la haïr? » Atterée par ces paroles, madame Evrard ne trouva rien à répliquer, et lorsque son mari, entraîné par l'émotion du moment, continua par ces mots : « Si je puis trouver une excuse à votre faiblesse pour une autre, ce n'est que dans ma passion pour Cécile. Oui, madame, il vous faudra bien souffrir cet amour, car je l'aime, voyez-vous, mieux que vous n'avez peut-être jamais aimé celui que vous me donniez pour rival. » A ces mots, un cri retentit dans le pavillon ; la mère de Cécile venait de s'évanouir.

Cessant d'être épouse, parce qu'elle était mère, madame Evrard opposa long-temps sa surveillance et ses menaces à l'intimité de Cécile et de son mari ; les obstacles ne firent qu'accroître leur passion, il fallut la briser par une rupture éclatante. Une demande en divorce fut portée devant les tribunaux; le mal était irréparable pour la jeune fille, quand les juges prononcèrent qu'il n'y avait plus d'union possible entre les époux. Cécile, restée à la garde de sa mère, qu'elle avait appris à haïr depuis qu'elle pouvait aimer son père sans que sa conscience lui en fît un crime; Cécile, ai-je dit, fut placée dans le pensionnat de madame Férier. Vous comprenez maintenant pourquoi elle cherchait la solitude et de combien d'amères pensées la pauvre enfant peuplait ses rêveries.

Lorsque je revins, après six semaines d'absence, Cécile avait été enlevée de la pension, et le ravisseur avait disparu avec elle. J'ignorerais encore toutes ces particularités, si, dans un voyage que je fis à Florence, quelques années après cet événement, je n'avais rencontré dans le monde M. et madame Evrard, ou plutôt Cécile la boudeuse devenue, sous un nom imaginaire, l'épouse supposée d'un mari âgé de trente ans plus qu'elle, mais qui, après dix ans de ménage, l'aimait plus encore qu'au premier temps de leur amour.

SEPTIÈME SOUVENIR.

Les Voyageurs.

En vain je voudrais choisir. Impossible.— Tout me plaît.

R. DE SÈZE.

Il faut enfin, mon ami, arriver à ce château d'A***, où je dois passer le temps de mes vacances. Je ne laisse aucun regret à la pension, et j'emporte avec moi tout ce que peuvent contenir d'espérances et de joie la tête et le cœur d'une heureuse pensionnaire, douze fois couronnée. Il était nuit close au moment où nous nous mîmes en chemin; aussi ne vous dirai-je pas cette fois la féerie des villages, des bouquets de bois, des champs, des vignes, qui passèrent devant nous à mesure que nous avancions sur la route de Fontainebleau. Enfin nous voyons poindre les lumières du château; une voiture, qui le dispute à la nôtre de vitesse, est lancée en même temps que nous vers la pente qui conduit à l'habitation où nous sommes attendues; nous enrayons de front, si bien que les roues se touchent presque, et que d'une portière à l'autre nous pourrions parler aux voyageurs qui suivent la même direction que nous. Il fait petit jour à peine; aussi ai-je beau me placer de façon à plonger plus facilement mes regards dans l'autre voiture, je ne puis que distinguer une bonne et respectable figure de vieillard endormi. Quant à ces deux autres formes humaines qui se dessinent légèrement sous l'ampleur de deux vastes manteaux, il m'est impossible de deviner si elles appartiennent à des jeunes gens; en secret, je le souhaite, pourvu toutefois que ce soit bien au château d'A*** que nos voisins de route aient le projet de se rendre. Maman, qui dormait, se réveille en sursaut au bruit que font les roues qui viennent de remordre le pavé; un cahot qui me fait jeter un cri de frayeur réveille aussi le vieillard de l'autre voiture et ses deux compagnons de voyage; tous trois mettent en même temps la tête à la portière; maman et moi nous en faisons autant de notre côté, et je me trouve presque nez à nez avec deux lycéens de quinze à seize ans. Malgré l'incertitude du jour et la mine un peu maussade que leur donne le mauvais sommeil de la voiture, je les trouve si bien l'un et l'autre, que j'en suis déjà à me demander lequel des deux me plaît davantage; cependant le plus âgé me sourit d'un air tout à fait aimable, tandis que l'autre, après m'avoir regardée seulement avec curiosité, détourne impoliment la tête pour examiner le ciel et la route.

— C'est monsieur Froger! dit ma mère en saluant le vieillard.

— Ah! c'est vous, madame! et cette jeune personne qui vous accompagne est sans doute mademoiselle votre fille?

— Oui, monsieur, je vais avec elle passer les vacances au château d'A***.

— Alors, nous voilà pour six semaines ensemble; car c'est aussi au château que je me rends avec mes élèves.

Pendant ce colloque heurté, haché, perdu dans le bruit que font nos voitures, qui continuent à marcher du même pas et sur la même ligne, je me suis rejetée en arrière et je rappelle mes souvenirs sur ce M. Froger, que j'ai entendu nommer plusieurs fois par mon père. C'est un homme instruit, que m'importe? un noble et beau caractère : je le veux bien; il a près de soixante ans : ce n'est pas là un mérite à mes yeux; mais ce qui me touche en lui, c'est qu'il est le gouverneur des jeunes Paul et Émile Ripère, et que ceux-ci sont les fils du maître du château où je vais vivre, pendant six semaines, de la vie joyeuse des vacances. Je n'ai plus qu'un désir : c'est celui d'arriver au plus tôt, pour lier connaissance avec le parc et les bois, que ma mère me vantait pendant la route, et où je prévois que les promenades ne seront pas infructueuses pour ma coquetterie. A peine avais-je formé ce vœu d'arriver, que nos voitures entrèrent à grand bruit dans la cour ombreuse du château. Les deux portières s'ouvrirent : M. Froger, descendu le premier, vint avec empressement donner la main à maman, passablement engourdie par un voyage de toute une nuit; pour moi, je m'élançai avec étourderie hors de la voiture, et je fus reçue par quatre bras, qui se tendirent en même temps vers moi. C'étaient ceux d'Emile et de Paul. Je souris à l'aimable figure que me faisait le premier; quant à l'autre, je le jugeai encore endormi, tant il paraissait grognon, même au moment où il se montrait le plus galant auprès de moi. Je le remerciai par une belle révérence, il se retourna brusquement vers son frère pour lui dire : « Maladroit! si tu voulais bien ne pas me marcher sur le pied! »

Que vous dirai-je, mon ami, de ma première journée au château d'A***? Elle fut entièrement remplie par les soins de notre établissement dans l'appartement qui nous était destiné. Madame Ripère nous fit un bon et cordial accueil; mais il y avait si long-temps qu'elle vivait éloignée de ses fils, que maman jugea convenable de la point troubler dans ses joies d'amour maternel. Nous restâmes donc dans nos chambres respectives, travaillant à défaire nos malles et à ranger nos effets dans les meubles et les armoires qui devaient nous appartenir pendant nos six semaines de congé. Nous étions logées dans un vaste corridor, situé à l'étage supérieur du château; il suivait sans interruption la longueur des bâtimens, dont les ailes de droite et de gauche, séparées de toute la distance d'une façade de vingt croisées, se regardaient en s'avançant sur une cour intérieure, d'où l'œil pouvait embrasser l'étendue d'un parc immense. L'appartement de ma mère était composé de trois jolies pièces; pour moi, je n'avais qu'une chambre, mais j'étais seule chez moi. Ma porte touchait à celle de maman; mais sa clé n'allait pas à ma serrure, et bien qu'une simple cloison séparât seulement nos deux logemens, je remarquai avec plaisir que la voix se perdait dans l'épaisseur de ce léger mur mitoyen, si bien que l'on ne pouvait pas entendre chez l'une ce qui se disait chez l'autre. Certes, je ne soupçonnais pas encore toutes les obligations que je pourrais devoir à cet assourdissement de la cloison; j'étais sans projet pour en tirer parti : cependant je me félicitais intérieurement de cette découverte, et j'en renouvelai plusieurs fois l'expérience, afin de mieux m'assurer qu'une fois renfermée chez moi, j'y serais bien seule et à l'abri de la curiosité des écouteurs. Un piano qu'on avait placé dans ma chambre me fournit l'occasion d'acquérir à l'instant la certitude de mon entière liberté. J'appelai maman, qui achevait de mettre son ménage en ordre. « Viens donc, lui dis-je, entendre le beau timbre de mon piano. » Et, bien que ma mère ne fût pas le moins du monde disposée à faire de la musique, je la suppliai avec tant d'instances qu'elle quitta ses malles pour passer dans ma chambre. Dès que je la vis chez moi, je me glissai malicieusement dans sa chambre, après avoir eu soin de fermer nos portes contiguës ; puis je prêtai l'oreille à la cloison. Le son du clavier, que maman mettait en jeu de toute la force de son expérience musicale, n'arrivait plus que sourd et presque éteint jusqu'à moi. « C'est bien, me dis-je, je pourrai même faire de la musique sans craindre de la réveiller ; à plus forte raison je pourrai parler en toute sécurité. »

L'heure du dîner nous réunit à la famille Ripère. La conversation roula sur les succès obtenus par les jeunes lycéens à la distribution du concours général. Emile avait eu le prix d'honneur : Paul en était réduit à une demi-douzaine d'accessits ; aussi sa grosse moue du matin ne diminuait-elle guère à mesure que M. Froger s'étendait sur les brillantes espérances que les professeurs avaient conçues pour l'avenir d'Emile. « M. Paul est jaloux, me dis-je, jaloux de son frère ; voilà un défaut que je ne pardonne pas, parce que je ne peux pas le comprendre. Ce n'est certes pas celui-là que j'aimerai jamais. » Et, tout en me disant que je ne pouvais aimer Paul, mes regards se fixaient sur Emile, si bon avec sa mère, si empressé auprès de la mienne. Cet aimable jeune homme oubliait qu'il était l'objet de nos éloges, pour ne s'occuper que des personnes qui l'entouraient. Il fut aussi, pendant le dîner, si prévenant avec moi que j'en étais presque honteuse.

La fatigue du voyage de la nuit dernière se dessinait à grands traits sur nos physionomies. M. Froger dormait presque en parlant ; maman faisait tous ses efforts pour se tenir éveillée ; moi, je me sentais m'endormir et j'ouvrais de gros yeux qui se refermaient malgré moi ; Emile seul déguisait adroitement son sommeil. Pour M. Paul, il bâillait tout haut et grommelait entre ses dents : « Est-ce qu'on ne va pas aller se coucher aujourd'hui. » Madame Ripère eut pitié de notre lassitude et donna le signal du départ. Emile embrassa sa mère et la mienne, puis me serra affectueusement la main en me disant : « Bonsoir ! » Paul n'eut pas l'air de faire attention à moi : je lui en voulus un peu, et je me promis bien de faire tout mon possible pour l'oublier dans mes rêves.

Je rêvai, mon ami, mais non pas de mes couronnes de la pension, non pas de ce jeune Emile, dont la pensée m'occupait alors que je m'endormis. Je n'étais plus la jeune fille de quatorze ans : ma seizième année était venue et toutes mes compagnes d'études m'entouraient et me paraient pour mon mariage. Je me voyais brillante de fleurs et de diamans, grande, belle, et surtout heureuse. C'est dans un beau salon que j'attendais l'arrivée de mon mari ; je me mis à la fenêtre pour l'apercevoir de plus loin, et je reconnus le parc où j'avais été la veille me promener seule un moment. Mon père se pencha à mon oreille et me dit : « Tout cela est à toi ! » J'étais émerveillée de tant de richesses, je me voyais dame châtelaine ; mais le châtelain, qui donc était-ce? Voilà ce que je me demandais avec une douce inquiétude; car je ne croyais pas le connaître, et cependant je sentais que déjà je l'aimais bien. Il y eut un bruit de voitures dans la cour ; toutes les voix s'écrièrent : « Voilà le marié ! » Je m'élançai avec mes jeunes amies au devant de celui qui venait enfin me débarrasser d'un doute dont j'étais vaguement occupée. Les portes s'ouvrirent, et je vis... M. Paul ! M. Paul, toujours avec sa mine fâchée et ses sourcils froncés, comme un écolier en colère.

Son apparition m'éveilla brusquement ; j'étais mécontente de moi, je refermai les yeux pour voir l'autre. Mais aucun des deux frères ne revint plus dans mon rêve ; il se continua, tantôt pénible, tantôt gai, mais incertain et sans suite, comme toutes ces visions passagères de la nuit, dont les impressions rapides glissent dans notre esprit, sans y laisser un seul souvenir.

HUITIÈME SOUVENIR.

Le Bal et les Marguerites des champs.

Songez-y bien, Dieu ne nous devait pas même les fruits, et il nous a donné les fleurs !
E. STAWSON.

« Est-ce que mon rêve continuerait encore ? » me demandai-je en rouvrant les yeux, après douze grandes heures de repos. Une voix qui se perdait dans la longueur du vaste corridor frappa mon oreille : c'était la voix de M. Paul. Inquiète, et cherchant à rappeler mes souvenirs, confondus avec la féerie de mes songes, je sautai au bas de mon lit et je m'approchai de la fenêtre, dont je soulevai doucement le léger rideau de mousseline... Je ne comprenais pas encore pourquoi je retrouvais sous mes yeux ce grand parc du château et d'où venait que ma mémoire me montrait, de l'autre côté, cette cour d'honneur où, dans mon sommeil, j'avais vu mon futur époux descendre de voiture.

Le passé, cependant, revint peu à peu à mon esprit. Je me souvins et de mon voyage de nuit, et de cette berline qui courait sur la route que nous suivions, et du vieux professeur, et de ses jeunes élèves, l'un si aimable, l'autre toujours grondeur et sournois; enfin je me retrouvai bien éveillée et bien disposée, surtout, à profiter joyeusement de mes six semaines de congé.

Les épreuves que je tente sur votre patience, mon ami, n'iront pas jusqu'à la cruauté. Ainsi je vous ferai grâce de mes premiers jours de plaisir au château d'A*** ; si rapides qu'elles aient été pour moi, le récit de ces belles journées ne pourrait être que fort monotone. Je passerai donc sous silence nos promenades en bateau sur la grande pièce d'eau du parc, nos visites à la ferme des Aulnes, nos parties de bague sur les chevaux de bois du rond-point, et nos soirées de lecture dans la chambre à coucher de madame Ripère. Partout je me montrais vive, contente et rieuse; partout Emile se montrait complaisant, empressé, et même quelquefois un peu mieux que galant. Partout aussi ce vilain Paul apportait sa grosse moue, ses sourcils froncés et son caractère contrariant qui le faisait nous abandonner subitement au plus beau moment de la partie de jeu, au plus loin de la promenade, comme au passage le plus intéressant du livre. Dans les premiers jours, je m'informais avec une espèce d'intérêt du motif de ces boutades; mais après qu'Emile nous eut dit à plusieurs fois : « N'ayez pas l'air de vous apercevoir de son absence ; c'est un gros jaloux qui se cache pour qu'on s'occupe à le chercher ; » après cela, dis-je, je fis comme Emile, je m'accoutumai aux caprices de son frère, et je ne m'en inquiétai plus.

Il faut l'avouer pourtant, ce pauvre Paul ne boudait pas sans motif : des deux enfans de madame Ripère, c'était celui qu'elle aimait le moins. Privé de ces vives caresses que les soins les plus assidus ne remplacent pas et qui font si gais les jeunes cœurs, Paul sentait qu'il n'avait que les mêmes droits, mais non la même part que son frère, dans l'affection maternelle, et, bien que madame Ripère eût le bon esprit de déguiser sa préférence par une sage distribution de marques d'intérêt, Paul, doué d'un esprit moins vif, mais plus profond peut-être que celui d'Emile, voyait clairement dans l'âme de sa mère, et s'affligeait de ce que le sourire qu'elle adressait à l'autre lui revenait, à lui, bien plus froid, bien moins empreint d'amour. « On me souffre, se disait-il, mais on l'aime! On se fait bonne pour moi, mais on est tendre pour lui! » Tant que j'ignorai le sujet de ses accès de mauvaise humeur, je le crus méchant; mais plus tard, quand il m'eut dit tout ce qu'il enfermait de tristes réflexions dans sa pensée, je ne sus plus que le plaindre et m'indigner même contre cette préférence, involontaire sans doute, mais de laquelle il faudrait alors accuser Dieu, qui n'a pas permis assez d'amour dans le cœur d'une mère pour qu'il y ait part égale entre tous ses enfans.

Nos journées se passaient, ainsi que je vous l'ai dit, presque toujours en plaisirs; car trois heures seulement étaient consacrées à l'étude. Durant ces trois heures, comme je ne voulais pas paraître moins laborieuse que les deux lycéens, et que d'ailleurs c'eût été pour moi trop de désenchantement que de me prom ner seulement avec ma mère, quand j'avais de si jolis projets de promenade avec Emile, je me renfermais chez moi; puis, tout en pensant aux amusemens de la veille, à la joie du lendemain, je déchiffrais sur mon piano quelques airs de danse ou de valse, que madame Ripère avait fait ven r de Paris exprès pour mes exercices de musique. Le travail fini, nous reprenions nos courses dans la campagne. M. Froger, qui ne quittait pas ses élèves d'un instant, donnait le bras à maman; Paul était si peu empressé à m'offrir le sien, que j'avais toujours Emile pour cavalier, et nous marchions tous quatre, suivis du boudeur, qui hâtait le pas de temps en temps, afin de venir se placer devant nous et faire contraste, par sa mine renfrognée, avec nos joyeuses figures. Il nous arrêtait, comme s'il eût voulu nous parler; ses yeux, renfoncés sous la contraction chagrine de ses sourcils, avaient quelque chose de menaçant; il ouvrait la bouche, semblait vouloir dire ce qu'il avait sur le cœur, et pas un mot ne venait: son frère lui riant au nez, le repoussait pour se faire passage. « Tu me le paieras, » murmurait Paul. J'entendais cela et je riais à mon tour, parce que je voyais Emile prendre toujours gaîment les menaces de son frère.

L'espèce de préférence que je marquais aussi pour Emile n'avait pas manqué d'augmenter singulièrement le mécontentement habituel de Paul; mais le moyen qu'une jeune pensionnaire de quatorze ans, qui s'est préparée pour une longue existence de six semaines à tous les enivremens de la folie de son âge, ne choisisse pas entre deux cavaliers celui qui met toute son étude à réaliser ses projets de plaisir! Je me disais: « Que M. Paul marche devant ou derrière, partout il promène avec lui sa tristesse, et ne saurait peut-être pas même me dire un mot aimable pour prix des sacrifices que je ferais en sa faveur; mais l'autre, quelque part que mon caprice veuille l'entraîner, c'est toujours avec joie qu'il m'accompagne; et chaque mot que je laisse tomber, chaque objet que je rencontre, lui sert de prétexte pour m'adresser une réponse flatteuse, une repartie qui m'égaie, ou pour faire une comparaison douce à mon orgueil de jeune fille; d'ailleurs, ce n'est point moi qui dois offrir le bras à M. Paul.. »

Madame Ripère, dès long-temps indisposée, quittait peu son appartement; cependant, comme elle voulait, sinon partager nos jeux, du moins en réjouir sa vue, elle profita d'un moment de calme dans le mal qui la minait sourdement pour donner un bal au château. Toutes les riches familles du voisinage y furent invitées; on parla de ce bal pendant huit jours. Emile avait la réputation d'être beau danseur: il valsait bien, je l'avais remarqué; car, dans nos parties de promenade du soir, tandis que ma mère et M. Froger, fatigués d'une longue course, se reposaient sur la route, quelquefois Emile, pour augmenter la ridicule bouderie de son frère, le prenait fortement par le bras et le faisait tourner jusqu'à ce que la colère de Paul ou l'intervention paternelle de M. Froger le forçassent à lâcher prise. Jusque dans ses espiègleries de jeune homme, Emile mettait une grâce parfaite; sa taille charmante se dessinait toujours avec avantage, comme sa voix pleine de douceur était toujours pénétrante, soit qu'il ne voulût que plaisanter ou parler gravement.

Vous me pardonnerez encore, mon ami, si j'appuie avec tant de complaisance sur le portrait d'Emile Ripère; c'est moins pour lui donner un doux souvenir que pour essayer de me justifier à mes yeux. Ma conscience gronde un peu quand je reviens sur ce temps de mes jeunes amours, et comment la ferai-je taire, si je ne m'efforce de donner au moins raison à mon cœur?

Les apprêts du bal n'absorbaient pas toutes mes pensées, la plus grande part était toujours pour Emile qui devenait de plus en plus le compagnon de tous mes instans. C'était moi qui réglais les pas, qui choisissais les airs les plus nouveaux, et, comme nous autres pensionnaires nous étions les héros de la fête, on nous avait permis d'en arranger le cérémonial à notre gré, madame Ripère se réservant, bien entendu, le droit de censure et de combinaisons nouvelles si les nôtres ne lui convenaient pas. Paul, qu'il fallait bien admettre dans nos conciliabules devant ma mère et M. Froger, n'avait la parole que pour voir repousser toutes ses propositions: Emile avait tant de goût, moi si peu d'habitude, que je l'écoutais comme un oracle, si bien que je finissais par ne tenir aussi nul compte des conseils de Paul, qui du reste était bien le plus incapable des maîtres de cérémonies. Las à la fin de se voir compté pour rien, et peut-être aussi fatigué que nous de ne venir se mêler à nos arrangemens de fête que pour y jeter le désordre, Paul se renferma dans sa chambre. Emile ne fit pas attention à son absence; moi, plus curieuse et surtout fort intriguée de le voir toujours arriver le front humide de sueur et le teint animé comme après une longue course, lorsqu'il sortait de chez lui pour venir dîner, je résolus de l'épier; en effet, comme nous étions à la veille du bal et que tous les habitans de la maison s'occupaient des préparatifs du lendemain, j'allai doucement le long du corridor jusqu'à la porte de la chambre de Paul. Je glissai un regard furtif à travers le trou de la serrure, et je vis le grognon gravement occupé à faire silencieusement des battemens et des pliés, puis il s'essayait de danser sans même oser marquer la mesure de la voix. Il m'avait entendu dire le matin: « C'est si joli de savoir bien danser! » Il s'en donnait tristement avec le plus de maladresse et d'activité possibles; on eût vraiment dit qu'il était à la tâche, tant il se fatiguait à presser ses mouvemens. S'il s'y prenait mal, il y allait vite du moins; si la force avait pu remplacer la grâce, il eût été un très habile danseur, car il y mettait du dévoûment. J'aurais dû lui en savoir gré, peut-être, mais je ne me sentais pas même touchée de sa bonne volonté, et, loin de lui montrer de la bienveillance, je fus sans pitié pour lui. Tout semble ridicule dans les preuves d'affection que l'on reçoit de celui qu'on n'aime pas ou de celui qu'on a cessé d'aimer. J'avais à peine de l'amitié pour Paul, et puis je lui voyais une tournure si grotesque que je ne fis rien pour retenir le violent éclat de rire qui me gonflait la poitrine. Cependant, un peu honteuse de mon impertinence, je m'enfuis rapidement; j'étais rentrée chez moi quand Paul ouvrit sa porte pour connaître la curieuse qui l'avait troublé dans ses fatigans exercices. Le jour du bal arriva enfin, j'étais radieuse de plaisir; Emile était ravissant de politesse, d'affabilité, mais tout ce qu'il y avait d'aimable en lui me charmait moins cependant; plus spirituel, plus empressé sans doute qu'il ne l'était ordinairement, je le trouvais moins séduisant que de coutume: c'est qu'il se montrait auprès de toutes ce que je n'aurais voulu le voir que pour moi seule; ses jolis mots, il les disait à la foule, et je ne recueillais plus que des parcelles de son esprit, lorsqu'il m'était déjà si doux de le provoquer pour m'en faire un trophée. Je le voyais bien le même, mais c'est aussi parce qu'il était tout à fait le même auprès de celle-ci ou de celle-là, que je le trouvais changé à son désavantage; la petite fille de quatorze ans, vous le savez, mon ami, avait une imagination qui devançait de beaucoup les années : j'étais jalouse comme à dix-huit ans, mais aussi comme ce sentiment pénible ne pouvait que glisser sur mon cœur, je me retournai du côté de Paul, que je vis moins boudeur ; ses yeux ne s'enfonçant plus sous les rides de ses sourcils me parurent ce qu'ils étaient vraiment, c'est-à-dire d'un noir velouté et d'une beauté remarquable ; sa bouche ne grimaçant plus me parut avoir un sourire plus franc et meilleur que celui de son frère ; il y avait bien toujours un peu de tristesse dans sa physionomie, mais elle était presque un charme de plus et ne me semblait être là que pour attirer la confiance.

Emile, qui voulait faire dignement les honneurs de la maison de sa mère, ne manqua pas d'inviter à danser, l'une après l'autre, et les jeunes personnes, et les toutes petites filles, et jusqu'aux grand'mamans qu'il pressait, avec galanterie, de se mêler au bal, comme s'il eût vraiment été heureux de danser avec elles. Je voyais bien que mon tour n'arriverait pas de si tôt. Paul me regardait d'un air tout à fait intéressant, d'ailleurs je voulais danser aussi : je l'acceptai pour cavalier, et, en vérité, sauf l'habitude, il ne fut pas le plus mauvais danseur de la société. Il brouilla bien quelques figures, il me perdit bien deux ou trois fois dans l'embarras des chassez-croisez, mais il s'en excusa d'une façon si naïvement touchante, mais ses yeux rayonnaient de tant de joie à chaque encouragement que je lui donnais, que vraiment je n'eus pas le courage de rire de sa maladresse. Ce qui me rendit si bonne envers Paul, il faut bien vous le dire, ce n'est pas que mon cœur fût naturellement disposé à l'indulgence pour lui; mais je voyais du dépit sur le visage d'Emile, et je croyais me venger. De quoi? Voilà ce que je n'aurais pas su me dire.

Ce fut au tour d'Emile à bouder le lendemain; mais trop fier pour marquer un violent dépit, il le laissait percer en remarques critiques sur les invités de la veille ; les deux frères avaient changé de rôle. Paul se croyait préféré : Emile doutait de mon cœur. Je ne lui en voulais pourtant pas assez pour lui causer un trop long chagrin; aussi, quand je l'eus bien tourmenté le matin, je pris la résolution de le rendre à son caractère heureux en faisant la première démarche.

M. Froger se plaçait à table entre madame Ripère et maman ; moi, j'avais toujours Emile et Paul à mes côtés, si bien que je ne pouvais bouger un pied sans rencontrer aussitôt ceux de l'un ou de l'autre des deux frères. Déjà plus d'une fois, et sans y prendre garde, j'avais laissé mon pied s'appuyer doucement sur celui d'Emile, et, dans ce jeu muet et mystérieux pour tous, je sentais mon cœur battre avec plus de violence et un frisson de fièvre parcourir mes veines. N'osant parler et n'ayant réellement rien à dire à Emile pour me justifier, bien que je me sentisse coupable envers lui, je cherchais, en hésitant, son pied sous la table, et après quelques tentatives faites non sans trembler tout bas, mais en paraissant toujours prendre part à la conversation générale, je crus enfin être d'accord avec lui, car je sentis sa pression accoutumée. Je regardai mon jeune ami à la dérobée, rien n'indiquait sur son visage l'émotion qu'il devait ressentir. « Tiens, me dis-je, il a de la rancune ; » et puis je tournai machinalement les yeux vers Paul. Si les regards d'Emile étaient muets, ceux de son frère avaient au contraire une expression de bonheur indicible. Elle me révéla la douce correspondance que, sans le vouloir, je venais d'établir entre nous deux. Toute honteuse de ma méprise, je retirai mon pied, et un nouveau regard que je reportai sur le pauvre Paul, devenu tout à coup chagrin, m'apprit que c'était bien à lui que je m'étais imprudemment adressée.

Qui m'expliquera, mon ami, si vraiment nous ne sommes nés que pour éprouver un seul amour, pourquoi le cœur, cette seconde vue qui ne devrait pas tromper, ne me dit point en ce moment combien je m'étais fourvoyée? Rien ne me le fit pressentir d'abord, et le trouble que me causait cette conversation silencieuse, mais pourtant si expressive, ne fut alors ni moins grand, ni moins mêlé de fièvre que lorsque je m'entretenais avec Emile. Je n'eus garde de recommencer, je craignais trop de retomber dans la même erreur. Cependant Paul, doucement émotionné par ma première méprise et prenant pour caprice ce qui n'était que prudence, me sollicitait du genou, et, replaçant son pied sous le mien, réclamait encore une preuve d'attention; j'avais beau m'éloigner de lui : il revenait toujours, et, forcée que j'étais de garder une attitude calme devant nos mères et le vieux professeur, je me sentais on ne peut plus gênée. D'ailleurs, une double crainte m'agitait : on pouvait remarquer la contenance singulière de Paul, ou bien Emile pouvait rencontrer le pied de son frère près du mien, et croire que j'encourageais son audace. Il ne me restait plus qu'un parti à prendre : c'était d'imposer silence aux exigences de l'un et d'éviter les soupçons de l'autre. Je m'armai de courage, et j'appuyai si fortement sur le pied de Paul qu'il fut bien obligé de se tenir en repos; seulement je dus rester avec lui sur le ton de l'intimité secrète, afin d'arrêter chacun de ses mouvemens par une pression plus forte à chaque fois qu'il voulait me prouver sa joie par une de ces secousses qui m'effrayaient pour le repos de son frère : je le rendis horriblement heureux! Rassurée de ce côté, je m'arrangeai si bien pour avoir toute sécurité de l'autre, qu'Emile retrouva sa gaîté accoutumée, et moi mon bonheur de tous les jours. Me voyez-vous tenant également les pieds des deux frères en respect, tantôt pesant sur l'un, tantôt pesant sur l'autre, et prête à me demander, quand j'éveillais tant d'émotions dans leur âme, lequel de ces deux amours, aussi neufs que vrais, flattait le plus ma coquetterie? Enfin, je ne savais plus me dire lequel m'était le plus doux. J'ignorais, en imaginant ce joli manége, que j'allais être forcée de le recommencer tous les jours; c'est cependant ce qui devait arriver si Paul eût été plus discret ou plus adroit; mais il fallait que sa mauvaise étoile le desservît encore une fois. Vous allez savoir comment.

Au sortir de la table, nous recommençâmes notre promenade de tous les jours; je compris qu'Emile et Paul avaient été trop favorisés tous les deux pour que je pusse désillusionner l'un en acceptant le bras de l'autre. Je m'en allai donc seule, prétextant un caprice dont ma mère me gronda; mais je ne voulais pas être distraite : j'avais tant à penser! et au prix de quelques reproches, je ne crus pas avoir acheté trop cher la solitude que mes réflexions demandaient.

Bien isolée, hors de la vue de tous, dans le petit bois qui touchait au mur du parc, je me préparai à interroger le sort qui, seul, pouvait m'éclairer sur mes véritables sentimens. — J'aime, je le sens, me dis-je, mais ils sont deux, et quel est celui que j'aime davantage? — Alors je me baissai pour cueillir une marguerite qui se trouvait sous mes pas; feuille à feuille je répétais : — J'aime Emile! — j'aime Paul! et à mesure que les feuilles tombaient sous mes doigts, j'espérais toujours que le premier nom l'emporterait sur l'autre; je n'osais compter des yeux ce qui restait de feuilles encore à détacher sur la corolle de la fleur mutilée, et, quand j'arrivai à la dernière, j'étais si émue, que je ne savais plus quel nom j'avais à prononcer. Dans mon dépit, je foulai aux pieds cette pauvre marguerite des champs qui n'était pas cause de mon étourderie, et j'en cueillis une autre en me promettant bien d'être plus attentive aux réponses de l'oracle. J'en effeuillai dix, et, comme si le sort eût pris plaisir à me tourmenter, c'était toujours : j'aime Paul! que je trouvais à la fin de mon interrogatoire. — Allons, repris-je, puisque la marguerite le dit, il faut bien que cela soit ainsi : J'aime Paul! — Je revins au château. Jamais Emile ne me parut plus aimable; aussi, le soir, quand je fus rentrée dans ma chambre, je répétai : — J'aime Paul, c'est possible ; mais j'aime bien Emile aussi !

A mon réveil, il était petit jour ; je voulus sortir de ma chambre pour respirer l'air frais du parc ; ma tête était brûlante, et je ne savais encore à quel parti résoudre mon cœur. Je m'habillai sans bruit, j'entr'ouvris doucement ma porte ; quelle fut ma peur, quand je m'aperçus qu'on la retenait en dehors !

— Qui est là ? demandai-je alors en tremblant.

— Silence ! me fit une voix que je reconnus pour être celle de Paul.

Je ne savais pas encore assez craindre pour que sa présence fût un obstacle à ma promenade. Je sortis, et passant rapidement devant lui, sans le regarder, je gagnai l'escalier, et bientôt je fus dans la grande allée du parc. Il ne m'y laissa pas long-temps seule, car à peine avais-je fait quelques pas, que je le vis venir à moi ; il était pâle et abattu comme on l'est après une nuit sans repos.

— Que faisiez-vous là ? lui demandai-je en souriant.

— Je vous écoutais dormir, Marie, me dit-il d'une voix sombre.

— Joli passe-temps ! vous voilà à faire peur à présent ; on vous croirait malade.

— C'est qu'en effet je suis souffrant ; j'ai quelque chose qui me fait mal.

— Eh bien ! il faut le dire à M. Froger, et faire venir le médecin. Où souffrez-vous ?

— Nulle part, me répondit-il de sa voix grondeuse ; d'ailleurs, cela ne regarde personne ; je suis malade si je veux ; je n'ai pas de compte à rendre là-dessus.

— Alors pourquoi me le dites-vous ?... Je ne vous le demandais pas.

— C'est vrai... Aussi ce n'était pas cela que je voulais vous dire.

— Eh bien ! qu'est-ce donc ? ajoutai-je doucement pour l'encourager à parler.

— C'était...

Il hésita... Je le pressai davantage.

— Enfin, c'était pour vous donner un conseil : lorsque vous penserez à quelqu'un, il ne faudra pas, comme cette nuit, en rêver tout haut.

Je restai interdite.

— Voyez-vous, mademoiselle Marie, continua-t-il, je ne l'aimais déjà pas beaucoup, mais à présent je vais le haïr tout à fait.

En effet, j'avais rêvé, et c'était d'Emile !

Il me laissa après ces mots. Durant huit jours je ne rencontrai plus ses pieds sous la table.

NEUVIÈME SOUVENIR.

Essai de Coquetterie.

> Mais non, maman, je ne suis pas coquette,
> Je voudrais plaire à tous, mais n'en veux aimer qu'un.
>
> I. NANTEUIL.

A force de lutter avec moi-même contre la volonté de l'oracle des champs, à force de me répéter avec dépit : J'aime Paul ! mon cœur, peu touché des tourmens de ce pauvre jeune homme, avait fini par se donner tout entier à son frère. Cependant, fière et jalouse de ma double conquête, j'avais bien soin, tout en m'assurant chaque jour de la tendresse d'Emile par de nombreuses attentions et des préférences affectées, de ne rien négliger non plus pour conserver mes droits sur l'âme inquiète de mon soupirant dédaigné. J'étais, sans doute, assez heureuse de l'amour que je partageais avec l'un d'eux ; mais l'espèce de tyrannie que j'exerçait sur l'autre amusait trop mon esprit moqueur, et flattait trop bien aussi ma vanité d'apprentie coquette, pour que je voulusse y renoncer. C'était peu d'un amant : il me fallait encore une victime ; enfin je croyais que les deux frères m'étaient indispensables pour me faire une existence d'amour. Avec un peu plus d'expérience, j'aurais su que c'était multiplier sans nécessité les embarras d'une double intrigue, et qu'il nous est facile d'être à la fois et l'amie et le tyran d'un seul ; mais je n'étais pas assez avancée dans la carrière pour comprendre par quelle suite d'ingénieux caprices nous faisons, en un même jour, passer celui qui nous aime du délire de la joie aux tortures du désespoir ; j'ignorais comment, par un mot dit à dessein, par un regard savamment étudié, on provoque des larmes amères dans les yeux tout à l'heure étincelans d'ivresse et de gaîté. J'avais bien en moi le sentiment de la coquetterie ; mais c'est d'instinct seulement que j'en étais déjà aux rudimens de l'art ; peu de temps après j'en appris, ou plutôt j'en devinai tous les mystères : c'est une science perfide que celle-là, mon ami, les plus folles croient toujours pouvoir n'en faire qu'un jeu ; les plus sages s'imaginent qu'elles doivent s'en faire une égide ; toutes en abusent, et puis un jour arrive où le jeu devient combat, et le combat cruelle défaite ; où l'égide se brise et laisse la sagesse sans défense. Tôt ou tard il faut succomber sous les coups que l'on a portés, et se prendre aux piéges que soi-même on a tendus. Soit qu'on l'emploie pour attaquer, soit qu'on l'appelle pour se défendre, la coquetterie est une arme qui blesse presque toujours celle qui croit s'en servir avec le plus d'adresse.

Je m'arrangeai donc pour entretenir à la fois et l'amour d'Emile et la jalousie de Paul ; et puis, vous l'avouerai-je ? le ton bourru de celui-ci, son regard chagrin me reposaient un peu de la gaîté inaltérable de l'autre. On se fatigue de tout, même d'un joyeux visage ; l'air sombre et boudeur faisait contraste avec le continuel sourire de son frère : cela me changeait. J'étais bien aise aussi, après avoir joui de la confiance quelque peu vaniteuse de celui que je préférais, de me donner le spectacle des souffrances de ce pauvre Paul. Leur double amour me révélait ma double puissance ; enfin je me sentais régner deux fois, et par le bonheur que je donnais, et par le supplice que causait mon indifférence.

J'ai parlé de bonheur : n'allez pas croire, mon ami, que la pénitente qui vous prend aujourd'hui pour confesseur se trouve au moment de mettre en trop cruel émoi votre estime pour elle ; rassurez-vous, ou plutôt sachez vous résigner, car mon récit n'aura pas le piquant que vous pourriez en attendre. Je vous l'ai dit : il y eut dans ma vie beaucoup d'imprudence, puissance terrible de désirs, combat dont ma vertu, toute triomphante qu'elle fut, ne sortit que blessée ; il y eut toutes les erreurs que ma tête folle et mon cœur qui, vous le savez, n'était guère plus sage, purent y mettre. Quant à des fautes, je ne m'en connais point, je ne vous demande pas d'éloges pour cela ; ma conscience sait trop bien me dire que c'est mon bon ange et non pas moi qu'il en faut remercier.

Le bonheur qu'Emile me devait ferait sourire de pitié aujourd'hui un de ces amoureux déjà si blasés à vingt ans ; mais ce qui ne serait rien pour celui-là était tout pour un lycéen qui venait à peine d'atteindre sa dix-septième année. La moindre préférence était à ses yeux une faveur d'un prix inestimable, comme aux yeux de Paul aussi elle était le motif d'une inconsolable douleur. Ames pures et neuves, si l'âge ne vous a oint flétries, si les enivremens du monde vous laissent quelquefois le loisir de revenir, par la pensée, à ces jours d'illusions où le cœur se contente de si peu, ne vous dites pas que vous étiez dupes alors ! En amour, c'est le plaisir qui presque toujours est une duperie: il n'y a de bonheur que dans les souvenirs exempts de regrets.

Nos plaisirs, je vous l'ai dit, c'étaient la promenade dans le parc, les soirées de lecture et nos excursions à la ferme. Vous savez comment nous y allions deux à deux; maman s'appuyant sur le bras de M. Froger, Emile et moi marchant devant par ordre supérieur, mais quelquefois oubliant volontairement l'ordre et profitant de la moindre circonstance pour laisser respectueusement ma mère et le professeur ouvrir la marche. Enfin Paul venait derrière nous, et, si nous échappions par adresse à la surveillance des autres, il ne nous était pas si facile de nous dérober aux regards jaloux de celui-ci; ce n'était guère que lorsque la nuit poussait ses grandes ombres dans les éclaircies du bois, qu'Emile pouvait, se serrant davantage contre moi, tantôt me presser furtivement la main ou solliciter silencieusement mes doigts jusqu'à ce que ma main fût enlacée tout entière avec la sienne. Alors nul n'aurait soupçonné comment, dans notre conversation si folle, dans nos éclats de rire si bruyans, nous trouvions moyen de jeter un mot d'amour, ou de nous renvoyer mutuellement notre fraîche haleine, et de la confondre dans un baiser intime que nous nous adressions sans nous le donner cependant, et qui venait nous émouvoir jusqu'au cœur, sans avoir flétri nos lèvres! Nous abandonner à l'extase, c'eût été nous perdre et révéler aussi le secret de nos ruses; nous la combattions par le premier mot plaisant qui nous venait à l'esprit, ou, pour mieux dire, nous nous faisions un joyeux thême de la parole la plus insignifiante, si bien que maman, choquée souvent de notre gaîté, insistait pour en savoir le motif; alors il fallait bien se hâter de le dire pour ne pas éveiller les soupçons, et c'était parfois quelque chose de si simple et de si niais, que j'étais toute honteuse de le répéter. — La sotte! me disait ma mère, rire pour cela! elle donne une belle opinion de son esprit à M. Froger. Le vieux professeur répondait tout bas : — Laissez-la rire, madame, je l'aime mieux un peu trop enfant que trop éveillée pour son âge; c'est une sauvegarde pour elle, et pour moi une raison de sécurité pour mes élèves. — Nous entendions cela, Emile et moi; il me jetait un regard d'intelligence, et je souffrais patiemment les reproches de ma mère touchant ma sotte gaîté, assez contente encore de sauver mon amour aux dépens de mon amour-propre.

Paul n'était guère la dupe de nos faux-semblans, et, s'il grommelait aussi en nous entendant rire, c'est qu'il soupçonnait que cette joie sans sujet cachait un mystère que sa jalousie saurait bien deviner. Comme sa mauvaise humeur menaçait souvent d'éclater, et que, poussé à bout par les railleries de son frère, il pouvait bien se faire que dans un moment de mécontement il vînt à trahir notre secret, pour se venger de mes dédains, lorsque je le voyais se disposer à nous quitter, j'abandonnais brusquement le bras d'Emile, j'allais me pendre à celui de Paul, et je le mutinais, certaine que j'étais de le rendre assez content de son sort, même quand je ne venais à lui que pour lui faire acheter mon hypocrite faveur par de folles moqueries. J'étais vraiment méchante avec lui; mais peu lui importait que je fusse ou non généreuse; tout ce qu'il voulait, c'était faire éprouver à Emile une partie des souffrances qu'il endurait lui-même; il croyait son frère chagrin de cette préférence d'un instant, et s'en réjouissait comme d'une conquête. Pauvre aveugle! ainsi, tu ne comprenais pas que je ne venais à toi que de l'aveu de ton rival, et que c'était pour servir nos amours que j'encourageais un peu le tien!

Nous en étions là de nos petites intrigues, lorsqu'un troisième ami de la maison vint donner plus de piquant encore à mes études de coquetterie. Celui-là se nommait Adrien Ripère : c'était un cousin d'Emile et de Paul; lycéen comme eux, de leur âge à peu près, mais bien moins joli et bien plus fat, il se tenait raide et fier sur des jambes longues et grêles, sa parole tranchait net dans toutes les discussions, ses grands yeux bêtes provoquaient le rire, et ses mouvemens secs, ses gestes pointus le faisaient éclater; on ne pouvait le regarder de sang-froid, et c'était pitié que de l'entendre. La nature l'avait tant maltraité du côté de l'intelligence que le sort lui devait bien un dédommagement: vienne la mort de son père, il sera député et possesseur pour moitié d'une fortune de 150,000 écus. L'arrivée de M. Adrien me mit en tête un malin projet que je me hâtai d'exécuter. Je suis trop jeune encore, mon ami, pour me donner le chagrin de vous dire que je fus jolie autrefois; regardez-moi, et dites-moi si à quatorze ans je devais plaire. Je plus à M. Adrien, non pas qu'il y mit de la bonne volonté, mais parce que je le voulus absolument; dans les premiers jours de son installation au château, c'est à peine si le grand fat me remarquait. Je m'obstinai à concentrer toute son attention sur moi, et nous n'avions pas passé trois soirées ensemble que l'imbécile était tout feu auprès de moi; il ne me quittait pas plus que son ombre, et soupirait à se faire entendre de tout le voisinage; il était toujours sur le point de me compromettre, ce qui serait infailliblement arrivé si je l'avais aimé le moins du monde. Il n'y a que l'indifférence qui ne soit pas imprudente; on a beau savoir feindre, quelque chose vient toujours, à notre insu, trahir le secret de nos pensées.

Pourquoi, me demanderez-vous, ce fou désir de compter M. Adrien au nombre de mes soupirans? C'est que j'étais lasse, non pas d'aimer Emile, non pas de tourmenter Paul, mais d'entendre toujours les mêmes voix me faire les mêmes reproches ou de lire dans les mêmes yeux la même expression de bonheur: la sécurité d'Emile heurtait mon amour-propre; il pensait peut-être que nul au monde ne pouvait me distraire de ma tendresse pour lui; il me semblait enfin si sûr de ses avantages personnels, que j'étais bien aise de l'en faire douter un peu. J'y parvins facilement. La vanité d'Adrien me servit à merveille; il s'empara fièrement un soir du bras que je lui tendais, et depuis ce moment il fut mon cavalier de tous les jours. Paul n'allait plus seul; le dépit réunissait les deux frères, et comme nous marchions devant eux, c'était à l'envi l'un de l'autre qu'ils critiquaient la tournure d'Adrien et murmuraient presque tout haut contre ma coquetterie. Nous avions l'habitude d'aller le dimanche au bal des paysans sur la place du village; si Paul ou Emile m'invitait à danser, je m'en excusais, en disant: Je suis invitée par M. Adrien; si mon mouchoir tombait de ma main, je prévenais aussitôt l'empressement habituel des deux frères en faisant signe au grand cousin de se baisser, afin d'avoir sur eux l'avantage de la galanterie; aussi Adrien, cordialement haï de ses rivaux, était poussé par l'un, heurté par l'autre, froissé par tous les deux à la fois, et ne devinait pas pourquoi celui-ci semblait prendre à tâche de lui écraser lourdement le pied, tandis que l'autre trouvait toujours occasion de lui donner un coup de coude ou de lui serrer les doigts dans une porte. A sa fatuité, Adrien joignait l'avantage d'avoir un naturel très patient; d'ailleurs, les gourmades de ses cousins ne changeaient rien à son existence ordinaire: Adrien était le souffre-douleur du collége, il ne devait pas s'étonner d'être aussi celui du château. Je m'amusais, et de la guerre sourde que les deux frères faisaient à leur cousin, et de la mine triomphante de celui-ci lorsqu'une préférence nouvelle de ma part lui valait une nouvelle marque de mécontentement, soit de Paul, soit d'Emile. Comme, un jour, je me laissais aller à toute mon espiéglerie, et que j'accablais le malheureux Adrien de prévenances, Paul, ne retenant plus son impatience, s'approcha de moi et me dit à l'oreille:

— Finissez, ou je le tue.

Il y avait un si profond chagrin dans sa voix, une telle résolution dans son regard, que je restai muette et immobile de saisissement; je pris ensuite un air froid et réservé avec Adrien, et comme j'affectais de ne pas entendre ou de comprendre mal ce qu'il voulait me dire, le fat me trouva insupportable et s'en alla causer avec sa tante : je restai seule au beau milieu de la promenade. Paul survint; il prit mon bras, et comme j'étais à une assez grande distance de ma mère et de M. Froger il me dit:

— Vous êtes méchante, Marie, bien méchante avec moi ; que trouvez-vous donc de si séduisant dans ce grand imbécile d'Adrien, pour nous le préférer ?

— Je ne préfère personne, monsieur Paul, répondis-je ; mais je suis seule de demoiselle ici, et il est juste que le dernier venu ait quelqu'un à qui parler.

— Avec cela que sa conversation est bien amusante !

— Elle vaut bien toujours celle d'un jaloux, qui ne sait parler que pour se plaindre.

— Mon frère ne se plaignait pas, lui, Marie, et vous l'abandonnez aussi.

— Au moins vous ne vous promenez plus seul, lui dis-je ; n'est-ce pas là ce qui vous fâchait autrefois?

Comme un sourire de malice satisfaite crispait alors mes lèvres, il reprit avec amertume :

— Ce n'est pas assez de me voir souffrir seul, il fallait que nous fussions deux pour que votre petit orgueil s'en réjouît ; mais prenez garde, si l'on ne peut pas se venger de vous, on a des poings au bout de ses bras pour apprendre à ce bel Adrien s'il a le droit de se faire aimer.

— Querelleur que vous êtes, qui vous a dit que je l'aimais, et puis, est-ce que je suis d'âge à penser à cela? Je veux m'amuser, voilà tout, et vous vous y prêtez bien par votre mauvaise humeur.

— C'est bon, continua-t-il, puisqu'il ne s'agit que de s'amuser, nous verrons si une bonne danse à votre favori le réjouira beaucoup ; moi aussi, je veux me donner du plaisir : sur ses épaules ; c'est mon amusement, à moi, que de me battre avec ceux que je n'aime pas.

— Alors vous devez chercher dispute à tout le monde, car vous n'aimez personne.

— C'est encore possible, Marie, mais vous avez beau dire, votre Adrien en verra de grises, et, si je ne l'assomme pas tout à fait, Emile l'achèvera, c'est convenu entre nous.

— Eh ! mon Dieu ; mais savez-vous que c'est bien vilain cela? Se battre ! Et votre mère, Paul ?

— Ma mère dira tout ce qu'elle voudra, mon frère et moi nous sommes bien résolus; d'ailleurs, il n'y a rien d'étonnant là-dedans : cela se fait entre camarades, à plus forte raison entre cousins.

— Non ; vous voulez me faire peur : M. Emile ne se battra pas, lui ; il est trop bien élevé pour cela.

— Il n'y a pas de bien élevé qui tienne, mademoiselle ; quand on est malheureux il faut que l'on se venge ; Emile se trouve malheureux comme moi, et comme moi aussi il se vengera.

— Mais malheureux de quoi? demandai-je, bien que sa réponse me fût connue d'avance.

Il ne me dit pas un mot de plus, et partit en me laissant avec cette pensée : Emile est malheureux ! Je le voulais bien inquiet, tourmenté ; mais malheureux, c'était trop ! J'avais déjà fait une démarche auprès d'Emile, le lendemain du bal ; je ne crus pas au dessous de ma dignité d'en faire une seconde. Le hasard que j'invoquais pour me rencontrer seule à seul avec lui me servit à souhait. C'était le lendemain matin ; Emile, en veste de jardinier, bêchait son carré de terrain dans le verger où j'étais descendue pour cueillir les fruits du déjeûner. Il me vit passer près de lui, et feignit de ne pas m'avoir aperçue ; sa bêche s'enfonçait brutalement dans la terre, et le bon jeune homme fredonnait avec colère un refrain bien langoureux ; je m'approchai.

— Emile, lui dis-je, vous m'en voulez beaucoup, je le sais.

— Moi! qui vous l'a dit, mademoiselle Marie ?

— Votre frère.

— Il s'est trompé.

— Je sais aussi combien je vous ai fait souffrir.

— Tous les deux? me demanda-t-il.

— Non, vous; car s'il est malheureux, Paul, c'est qu'il le veut bien; pourquoi m'aime-t-il?

— Pourquoi, aimez-vous Adrien, vous? me répondit Emile sans discontinuer de bêcher.

— Mais c'est une erreur, vous ne voyez pas bien que je me moquais de lui?

— Comme vous vouliez aussi vous moquer de nous trois.

— Oh! monsieur Emile, que vous me connaissez mal! Et nos promenades, les avez-vous oubliées? Et ma main que je vous donnais avec tant de plaisir? Et nos projets? Vous ne vous rappelez donc rien!

— Si fait, c'est vous qui perdez la mémoire.

— Pour vous prouver le contraire, ajoutai-je vivement, je peux vous répéter encore ce que nous nous disions la veille de l'arrivée de votre cousin.

Emile s'appuya sur le manche de sa bêche, et fixa sur moi des regards attentifs comme pour aider à mes souvenirs par un muet et sévère interrogatoire.

— Nous disions, Emile, qu'il fallait forcer nos parens à nous marier quand j'aurai seize ans, et le meilleur moyen pour cela, c'était de leur déclarer franchement notre amour.

— Eh bien! reprit-il, comment avez-vous tenu l'engagement que vous aviez pris avec moi, de sonder votre mère à ce sujet? Et lorsque le lendemain j'attendais avec anxiété le résultat de votre première démarche, c'est à peine si vous fîtes attention à moi; on eût dit que la présence d'Adrien venait de changer toutes vos belles résolutions.

— Je voulais vous voir un peu tourmenté, pour être sûre de votre amour, et vous ne m'avez pas adressé une seule plainte.

— Une plainte! parce que vous me préfériez ce grand nigaud d'Adrien? Je m'estime trop pour cela.

— Vous êtes bien fier, lui dis-je.

— Et vous bien peu confiante, Marie.

— Si fait; vous verrez, ce soir même, j'aurai tout appris à maman, et du moins on ne s'étonnera plus si nous nous promenons toujours ensemble; une fois notre mariage décidé, nous aurons le droit de ne plus nous quitter... que le soir.

— Chère Marie, prends bien garde, ne va pas commettre d'imprudence, on nous séparerait.

Il me dit cela presque tout bas et d'une voix timide; moi, je le regardais avec surprise et crainte, car c'était la première fois qu'il me parlait ainsi. Cette familiarité m'était douce et me faisait peur; je me sentais prête à la lui reprocher, et, malgré moi, des paroles tout aussi tendres que les siennes venaient expirer sur mes lèvres.

Ma mère, impatientée peut-être de ma longue absence, me cria de la porte du verger:

— Eh bien! auras-tu bientôt fini de cueillir ces fruits?

— Tout à l'heure; me voilà, répondis-je en rassurant ma voix.

Emile s'empressa de m'aider; nous eûmes bientôt dépouillé l'espalier; mais, comme notre conversation absorbait toutes nos idées dans une seule, celle de notre mariage, on servit ce jour-là, sur la table de madame Ripère, des fruits qui demandaient encore plus d'un jour de soleil pour mûrir. N'importe, je ne fis pas la moindre attention aux reproches que ma maladresse m'attirait; j'étais tout émue encore de ma hardiesse; car moi aussi, j'avais osé tutoyer Emile : en quittant le verger, il m'avait dit : Tu m'aimeras toujours ! Et moi, je m'étais surprise à lui répondre involontairement : Et toi, tu ne me tromperas jamais !

Oh ! mon ami, que ce premier mot est difficile à prononcer ; mais lorsqu'il est dit, comme il nous fait vieux l'un pour l'autre, on croit ne s'être jamais quittés, et que jamais non plus il ne sera possible de se séparer ; c'est un lien si puissant que cette intimité du langage ! Et pourtant il y a un jour dans l'avenir où l'on se souvient à peine que l'on se parlait ainsi ; mais alors, tout le charme de la vie est détruit, une rude écorce enveloppe le cœur ; on ne vit plus même pour vivre, mais pour occuper inutilement une place sur la terre : car vivre, c'est aimer.

Ce matin-là quelqu'un manquait au déjeûner : c'était M. Adrien. On s'inquiétait de son absence, Paul seul n'en parlait pas, et jamais je ne l'avais vu si gai : il rayonnait de joie. Enfin le grand cousin entra : il avait un bandeau noir sur l'œil droit ; madame Ripère s'informa avec intérêt de son accident.

— Je suis tombé, dit-il avec humeur et en lançant un terrible regard à Paul.

Celui-ci n'eut pas l'air de le remarquer.

Quand nous sortîmes de table, je pris Paul à part.

— Mauvais sujet, lui dis-je, votre cousin vaut mieux que vous ; car, pour ne pas vous faire gronder, il se contente de dire qu'il est tombé.

— Oui, tombé sur un coup de poing, ajouta Paul en ricanant.

— Vous avez fait là un beau chef-d'œuvre, et à quoi bon ? Je me suis expliquée avec Emile.

— Mais moi je ne m'étais pas encore expliqué avec Adrien ; maintenant c'est fini, ce que j'avais sur le cœur il l'a sur l'œil ; au moins il ne s'avisera plus de vous aimer.

— Mais puisque je ne puis pas le souffrir non plus ; je vous l'avais dit hier.

— Je sais tout cela, mademoiselle Marie, reprit-il ; je sais aussi ce que vous disiez ce matin à Emile, dans le verger ; car je sais tout ce que je veux savoir, ne l'oubliez pas !

— Eh bien ! alors pourquoi vous battre avec votre cousin ?

— Parce que je ne veux pas me battre avec mon frère ! ajouta-t-il d'une voix sinistre.

Il me quitta après ces paroles, et je montai dans ma chambre pour réfléchir aux moyens que je devais employer pour faire part à maman de nos projets de mariage.

DIXIÈME SOUVENIR.

Lettre ingénue.

> On ne peut pas tout dire ; mais on peut tout écrire : on peut tout lire ; mais on ne peut pas tout entendre.
>
> C. POUGENS.

Libre de rêver à toutes les idées qui m'agitaient, alors que j'allais naïvement prendre ma mère pour confidente de mon amour, je m'établis pensive devant le piano, et comme si le mouvement de mes doigts avait pu servir à l'activité de mon esprit, j'appuyais machinalement sur les touches du clavier. A m'entendre, on eût dit que je cherchais un accord pour mon âme irrésolue ; les sons heurtés et sans suite que je provoquais involontairement traduisaient fidèlement mon incertitude. Enfin je me mis à songer sérieusement que ma promesse envers Emile était chose sacrée ; je me remémorai ce rêve où je m'étais vue toute parée pour mon mariage ; et bien décidée à mériter le consentement de ma mère à force de franchise envers elle, j'écrivis.

Si mon excellent père eût été auprès de moi, c'est à lui seulement que j'aurais voulu m'adresser ; mais il ne connaissait pas Emile comme maman avait été à même de le connaître et de l'apprécier ; il aurait pu croire que ma tendresse m'aveuglait sur son compte. Maman, qui le voyait tous les jours, et qui tous les jours aussi me faisait son éloge, devait bien mieux me comprendre. D'ailleurs, écrire à mon père c'était mourir cent fois jusqu'au retour du courrier, au lieu que la réponse de maman ne pouvait pas se faire attendre. Les termes de ma lettre sont encore si bien présens à ma mémoire, que je puis vous les redire tous. Riez bien aujourd'hui de cette folle lettre d'une enfant de quatorze ans, mais soyez indulgent au moins en faveur des larmes qu'elle me coûta.

Après avoir plié et replié sous toutes les formes possibles un cahier de papier, après avoir jeté au feu telle feuille encore blanche, froissé telle autre sur laquelle j'avais tracé en tremblant un demi-mot ; après m'être levée, résolue à tout dire de vive voix, et après avoir repris ma place auprès de ma petite table d'ébène, je taillai et retaillai dix plumes sans m'apercevoir que je les hachais toutes jusqu'au dernier bout. Bref, il y avait deux heures que je m'étais décidée à écrire quand j'achevai la première ligne, mais sans savoir quelle autre suivrait celle-là, et comment je finirais cette lettre si laborieusement commencée.

« Bien bonne, bien chère et bien tendre maman, » écrivais-je, ne sachant lequel de tous ces commencemens valait le mieux et les laissant tous de peur de me tromper, « tu ne t'imagines pas que ta pauvre fille, que tu vois courir, jouer, rire et faire la folle, comme tu dis si bien, a dans son cœur un grand secret qu'elle voudrait te cacher, mais qu'elle va te dire pourtant, afin que tu la consoles, que tu la rassures et que tu la rendes heureuse? Oh ! ne va pas te fâcher, ne lui dis pas : Non ! Ne la regarde pas comme un enfant surtout ; car elle en serait inconsolable, et tu ne voudras pas qu'elle se reproche jamais de t'avoir donné toute sa confiance. Il y a bien long-temps que ta petite Marie a un chagrin qui la fait souffrir cruellement ; mais, pour te l'avouer, il faut qu'elle soit bien sûre de ton indulgence... C'est convenu, n'est-ce pas, maman, tu seras indulgente comme je serai franche avec toi ? »

Pour en arriver là de ma lettre, vous comprenez bien que mon pauvre esprit était à la torture. Je sentais mon secret trembler sous ma plume, et je raturais aussitôt le mot qui me semblait en dire trop. Cependant chacun des détours que je prenais me rapprochait de plus en plus du but de ma lettre. Je trempai résolument ma plume dans l'encrier et je fis... un énorme pâté ! Ah ! s'il m'eût été possible de cacher l'aveu sous la tache d'encre que je venais de faire, je me serais sentie soulagée d'un grand poids ; mais l'accident qui venait de m'arriver ne faisait que retarder de quelques minutes le mot pénible à dire. Je repris une nouvelle feuille de papier, et je recommençai à copier mes premières phrases.

« N'est-ce pas, maman, que tu seras indulgente comme je serai franche avec toi? repris-je. Te rappelles-tu le jour où j'étais assise auprès de la croix de pierre, à côté de M. Adrien, et que des petits enfans du village d'Avesnes, à qui je donnai des sous, me demandèrent, tout éblouis de ma générosité, si je n'étais pas la Madame qui venait acheter le château? Cela vous fit bien rire tous : moi, cela me fit penser. Ce n'est pas le château, maman, qui me donnait à réfléchir, c'est ce nom de madame que je m'entendais adresser. Voilà mon secret, chère maman, voilà ce que je voudrais être, et bientôt ; quand tu le voudras, cependant, le plus tôt possible, lorsque j'aurai seize ans. Si tu me disais oui, combien tu me verrais soumise à toutes tes volontés ! Comme je ferais en sorte de me corriger de tout ce qui te déplaît en moi! Comme... comme je serais heureuse! Enfin, pour te prouver ma reconnaissance, je voudrais être la plus instruite des pensionnaires, comme je suis la plus respectueuse des enfans. Tu vas me demander, chère maman, pourquoi je m'avise de songer au mariage : il faut bien te le dire aussi ; c'est que j'aime, et cela de toutes mes forces, de toute mon âme ; et tu sais si j'aime bien, moi qui t'aime tant !

» Celui pour qui ta pauvre fille te prie à deux mains jointes est digne de se nommer ton fils ; tu le connais, tu le vois tous les jours ; il est aimable avec toi et ne te déplaît pas ; de plus, il est riche, bien plus riche que nous, maman, et c'est lui qui veut que je t'écrive pour que tu te prononces ! Il ne veut pas m'aimer plus long-temps sans ton aveu, et moi, je lui ai dit d'avoir bon espoir, parce que tu es bonne et que tu ne demandes pas mieux que je fasse un beau mariage. Je te le répète, chère maman, ce n'est pas pour tout de suite : ta fille soumise sera à tes ordres. Prends bien ton temps ; seulement, fixe l'époque, pour que je puisse me dire chaque jour en me levant : Je n'ai plus que tant de mois, tant de semaines à attendre. Oh! mais, sois tranquille, je serai raisonnable, j'attendrai ; je crois si bien à ton affection pour moi !

« Pardonne-moi, chère maman, si je t'ai caché mon secret si long-temps : je voulais m'interroger plus d'une fois avant de faire cette démarche, un peu pénible, quoiqu'elle soit toute naturelle. Je me suis bien étudiée, je me suis bien souvent demandé si cet amour-là n'était pas de l'enfantillage, si je pourrais le vaincre en m'occupant d'autre chose ; j'ai bien essayé, mais rien ne pouvait m'en distraire ; c'est pour la vie, je le sens. Il faudra que tu m'accordes ton consentement ou que je meure ! Rien que l'incertitude de ta réponse me donne la fièvre, et ces taches que tu vois au papier, ce sont les larmes de ta fille : elle pleure, parce qu'elle craint ; elle souffre, parce qu'elle aime. Dis un mot, et elle ne pleurera plus, et elle ne se souviendra plus d'avoir souffert. »

Je terminai par une assurance bien formulée de mon éternel amour, de ma reconnaissance et de mes respects ; puis je fermai ma lettre, sans avoir une seule fois mêlé le nom d'Emile à mes prières ; j'étais bien décidée à ne le livrer, ce nom, qu'en échange du consentement de ma mère. Emile avait eu soin de me recommander la prudence ; je gardais cette moitié de mon secret comme un dernier espoir, comme un moyen de refuge, si ma lettre ne devait pas avoir de résultat heureux.

Il était onze heures du matin quand je commençai ma suppliante épître : je l'achevais à peine lorsqu'à cinq heures la cloche du château nous appela pour dîner. Trop d'émotions m'agitaient encore pour que je pusse manger avec appétit ; je répondis aux questions empressées dont mon abstinence inaccoutumée me rendait l'objet, que je me sentais légèrement indisposée. J'avais été seule toute la matinée, je voulais être seule encore, pour songer au moyen de faire parvenir ma lettre : on me laissa libre. Encore une fois ce jour-là mon esprit erra entre mille projets : aucun d'eux ne me sourit. La lettre, trop brusquement remise, pouvait amener une scène que j'avais le plus grand désir d'éviter, et puis je devais donner à maman le temps de la réflexion ; je savais si bien qu'elle procédait toujours par l'emportement pour arriver au calme. Je ne vis pas de moment plus propice que l'heure du coucher pour lui adresser mon épître.

Une fois ce parti bien arrêté, je profitai de l'instant où personne ne traversait notre corridor ; j'ouvris la porte de sa chambre avec précaution, et comme je me vis bien seule chez elle, je m'empressai de glisser la lettre sous son traversin.

Pour la première fois je me dispensai d'aller à la promenade du soir ;

ma feinte indisposition du dîner me servit encore d'excuse, et, après une demi-heure de lecture auprès de madame Ripère, je demandai la permission de remonter chez moi, ce que la bonne dame m'accorda facilement. Quand ma mère rentra, j'étais couchée. Elle me dit bonsoir à travers la porte; je l'entendis bien, mais je ne répondis pas. — Elle croira que je dors, me dis-je, et, du moins, si elle trouve la lettre ce soir, elle ne viendra pas m'en parler, de peur de me réveiller.

Ce fut, mon ami, une nuit bien cruelle que cette nuit d'attente; je n'eus pas une minute de sommeil. A chaque léger bruit que mon oreille pouvait saisir dans la chambre de ma mère, je me figurais la voir toute courroucée contre moi, froisser la lettre en se promettant de me punir. Si elle allait vouloir me ramener à Paris! pensais-je. Ah! s'il n'était pas trop tard, j'irais reprendre ma lettre; mais comment faire? elle la connaît maintenant. Je m'agitais sur mon lit; je me levais, essayant d'ouvrir ma porte, afin d'aller écouter à la sienne; j'avais soif, ma bouche était sèche, amère et brûlante; j'étais en sueur et je tremblais de froid. Le jour parut que j'étais encore debout, à demi habillée, fatiguée d'une longue veille, appelant les heures et redoutant le moment où il me faudrait paraître devant ma mère. Un coup d'œil que je donnai à mon miroir m'apprit que mon visage aussi bien que mon cœur était bouleversé d'émotion. J'en attendais une bien plus poignante encore. C'est alors que, voulant retarder le plus qu'il m'était possible l'instant où je devais entendre prononcer ma sentence, je me mis au lit, et que j'essayai de dormir, afin de tout oublier, ne fût-ce que pendant une heure. Gagner du temps était déjà beaucoup, si je pouvais gagner ma cause.

Je dormais depuis long-temps, quand je fus réveillée en sursaut par des coups redoublés que l'on frappait à ma porte. Je reconnus la voix de maman: une sueur froide s'étendit sur moi, et ce n'est qu'avec peine et d'une main tremblante que je parvins à faire couler le verrou hors de sa gâche. J'interrogeai d'un regard timide le visage de maman; rien dans ses traits n'annonçait la colère ni même le mécontentement. Elle s'informa de ma santé avec intérêt et me dit de venir avec elle faire un tour dans le parc, que cela me remettrait tout à fait. « Allons, pensai-je, elle ne l'a pas pris trop mal : j'ai bien fait d'écrire. » Je m'habillai lentement, n'osant pas lui adresser de questions, mais attendant toujours avec anxiété une parole sur la lettre; elle ne m'en dit pas un mot. Alors un soupçon se fit jour dans mon esprit. Peut-être ne sait-elle rien encore, me dis-je. Pour m'en assurer, je la priai de descendre la première, et, dès qu'elle fut partie, je courus vite à son lit, je soulevai le traversin. Ma fièvre, mon insomnie, tout ce supplice de la nuit, toutes ces craintes du matin furent en pure perte : ma lettre était encore là, froissée un peu par le drap, mais toujours cachetée! Il n'y avait qu'un instant, j'aurais tout donné pour la ravoir ainsi, et dans ce moment, où je me trouvais encore maîtresse de mon secret, j'accusais le hasard qui m'avait si mal secondée.

Je glissai ma lettre sous mon corset, et je descendis dans le parc. M. Froger se promenait avec maman; il lui faisait suivre un cours de botanique qui ne l'intéressait guère, mais auquel elle semblait prêter beaucoup d'attention, par respect pour la haute réputation du vieux professeur. Moi, j'allai doucement à côté d'eux, répondant oui et non, mais ne sachant trop à quoi je répondais; car toutes mes réflexions venaient se réunir à ce but : il faut que maman lise ma lettre. Nous étions au détour d'une allée, quand j'aperçus, à travers l'intervalle de quelques arbres, M. Adrien Ripère qui humait gravement l'air frais du matin et cheminait avec son bandeau noir sur l'œil. Aussitôt une idée folle germa et grandit dans ma tête : « Lui seul, me dis-je, peut se charger de la commission difficile que je veux donner à quelqu'un; il sera mon messager, et si l'épître est mal reçue, du moins on ne saura jamais que c'est d'Emile que je voulais parler. » Je me dis cela, et me voilà, comme si ma santé se fût tout à coup rétablie, à courir de droite à gauche, à passer, repasser devant maman; je m'éloignais un peu, je revenais ensuite, mais pour m'éloigner de nouveau du côté où j'avais vu Adrien se promener. A l'inverse de l'oiseau de proie qui rétrécit le cercle de son vol à mesure qu'il se rapproche de la victime, j'agrandissais celui de ma course, afin de me rencontrer avec le grand fat dont je voulais habilement me servir. La première fois que je passai à côté de lui, comme ma mère était encore trop près de moi, je lui jetai ces paroles qui l'étonnèrent singulièrement :

— Attendez-moi là, Adrien, lui dis-je.

Et il resta cloué à la même place, tandis que je continuais à courir comme si le vent m'emportait. Une seconde fois, le chemin que je décrivais me ramena devant Adrien; maman et M. Froger pouvaient encore m'apercevoir, je lui dis, rien qu'en passant :

— Il faut absolument que je vous parle.

Je ne sais quelle réponse il me fit, car je glissai rapidement dans la clairière du bois. Quand j'eus bien accoutumé les yeux de ma mère à me voir disparaître d'un côté du parc et revenir de l'autre, toujours courant, toujours me perdant par ici, me retrouvant par là, je jugeai qu'il était temps de reprendre haleine, et de délivrer le grand cousin, qui n'osait plus bouger de place depuis que je l'avais prié de m'attendre. Je ne sais trop ce qu'il comprit quand je lui demandai de faire parvenir lui-même ma lettre à maman; mais il s'en chargea avec tant de reconnaissance que je ne pus m'empêcher de lui rire au nez. Il prit encore cela fort gaîment et se mit à rire aussi, non pas de son air niais, mais de satisfaction, comme un sot enfin. Cependant, il partit; je le guettais de loin; je vis maman prendre la lettre, et je courus aussitôt pour me réfugier dans ma chambre. Je heurtai quelqu'un en montant l'escalier du château : c'était Emile. Il voulait me parler; je tremblais d'être surprise avec lui.

— Marie, me dit-il, où courez-vous ainsi?

— Que vous importe? répliquai-je brusquement, et tout bas j'ajoutai : Va-t'en, ne me suis pas, tu ne sais pas tout ce que j'ai fait pour toi!

Je le laissai interdit après ces mots, et je m'enfermai chez moi.

Toutes mes angoisses de la nuit dernière revinrent avec plus de force; mes jambes me soutenaient à peine, quand, une heure après mon équipée, la femme de chambre de madame Ripère vint me dire que l'on me demandait et qu'il fallait descendre au salon. Je me décidai; mais, au lieu d'avoir à supporter seulement les violens reproches de ma mère, c'était le sévère interrogatoire de trois graves personnages que je devais subir. M. Froger, madame Ripère et maman s'étaient réunis pour tripler mon supplice. Je ne vous dirai pas tout ce que j'entendis d'amères railleries, toute la honte dont on m'accabla, tout ce que l'indulgence encore plus humiliante de M. Froger me fit souffrir : on me rappela à ma poupée, à mes chiffons de petite fille, et j'entendis même maman murmurer la menace du fouet. Je pleurais, mais ce n'était pas de repentir; je me sentais de la rage dans le cœur.

Depuis l'arrivée d'Adrien dans la maison, je n'avais réellement montré de préférence que pour lui; c'était lui qui s'était chargé de la lettre. Dans cette lettre, je n'avais prononcé qu'un nom, et c'était le sien : on crut sans peine qu'il était le tendre objet de mes premières émotions d'amour. Cette erreur me servait trop bien pour que j'eusse le désir de désabuser mes juges. Après un pareil événement, lui ou moi devait quitter le château; j'étais trop inexpérimentée, disait-on, pour que la faute vînt de moi seule. Adrien d'ailleurs n'était pas plus aimé de sa tante que de ses cousins; on l'avait reçu par convenances de famille : on résolut de le renvoyer le jour même. Cependant, comme on ne voulait pas avoir l'air d'attacher trop d'importance à ce qui n'était qu'un enfantillage, après que M. Froger m'eut bien sermonnée, madame Ripère décida que ma lettre serait brûlée, et qu'on n'en dirait pas un mot à Adrien. Il suffit d'un prétexte pour ordonner son départ.

Après le dîner, comme mon complaisant messager ne se doutait encore de rien, sa tante lui donna quelques lettres qu'elle devait expédier par le courrier; elle trouva moyen de lui faire comprendre qu'il était important pour elle de charger de ces lettres une personne de confiance; on prépara la malle du cousin, et quand il monta en voiture, se demandant sans doute ce qui lui attirait cette commission inopportune, madame Ripère lui dit :

— A l'année prochaine, mon ami.

C'était assez clairement lui ordonner de ne pas revenir.

Et moi, malgré la semonce, joyeuse du moins de ce que rien encore n'avait trahi le secret de mon cœur, je voyais en riant, à l'abri du rideau de ma fenêtre, les préparatifs du départ de ce pauvre garçon, battu pour moi, chassé par ma faute, et emportant, pour tout souvenir de notre liaison de quelques jours, un large bandeau noir sur l'œil droit.

ONZIÈME SOUVENIR.

Une Ruse par jour.

N'ignorez point que ruse et que malice insigne
Nous viennent d'Ève en droite ligne.
I. NANTEUIL.

Par mon imprudente démarche auprès de ma mère, je venais d'éveiller une surveillance qui devait rendre presque impossibles mes rencontres de tous les jours avec Emile. On ne se défiait pas de lui, tant il paraissait occupé de ses études et de ses travaux de jardinage; mais on me suivait partout, ou guettait chacune de mes démarches, on interprétait la moindre de mes paroles, on me forçait à rendre compte de la plus simple de mes actions, moi, dont la tête légère et le cœur facile, disait-on, pouvaient courir à chaque instant de nouveaux dangers, puisqu'ils s'étaient laissé prendre si vite aux séductions de cet Adrien, si peu séduisant.

Ce n'était plus qu'aux heures de repas et dans les gênantes soirées du salon que je me retrouvais avec Emile et Paul. Là nul moyen de se parler, même du regard. Il me restait bien encore la ressource des pieds sous la table; mais ce jeu, que mes espions ne soupçonnaient pas, Paul le savait par expérience, et, non moins attentif que les autres à tous mes mouvemens, il avait toujours soin de laisser tomber sa fourchette, son couteau, sa serviette, ou telle autre pièce de son couvert, afin d'avoir un prétexte pour se baisser et pour inspecter ma contenance à table. Placée entre la jalousie de l'un et la prudence sévère des autres, je ne pouvais plus même mettre mon espérance dans les libertés de la promenade du soir : c'était côte à côte avec maman qu'il me fallait tristement arpenter les longues allées du parc; encore n'avais-je pas même le droit de penser tout bas, durant les savantes remarques de M. Froger, si jaloux de faire l'éducation de maman. On voulait que je fusse à la conversation quand j'étais toute à mon amour! et pour si peu que mon esprit se mît à retourner vers le passé, j'étais sûre de me voir rendue bien vite aux ennuis du présent par une grosse injure de la part de ma mère. Voilà pourtant ce que m'avait valu un mouvement de confiance envers elle; aussi je me promis bien qu'à l'avenir je ne parlerais plus de nos secrets qu'à moi seule, encore ne me les dirais-je pas tout haut; je me rappelais trop bien comment Paul était devenu mon confident malgré moi : celle qui aime doit craindre jusqu'à ses rêves.

Si mon Emile souffrait, mais sans le laisser voir, de cette contrainte que l'on m'avait imposée, quelqu'un s'en réjouissait, non seulement au fond du cœur, mais encore ouvertement. Paul ne boudait plus son frère, il était presque aimable avec tout le monde, et quelquefois même il compromettait la gravité de son mauvais caractère jusqu'à rire le premier d'un mot plaisant d'Emile. Cependant cinq semaines s'étaient écoulées depuis mon arrivée au château d'A*** ; encore huit jours, et nous allions retourner à Paris, et durant toute une année je devais être séparée d'Emile. Je ne pouvais pas le quitter ainsi ; il me fallait, pour supporter patiemment les peines de l'absence, qu'un nouveau serment, plus solennel que tous les autres, me rassurât sur son amour. Je ne voyais pas le moyen de lui parler, et lui écrire n'était guère facile non plus. C'est à ce dernier parti cependant que je m'arrêtai.

Me voilà parvenue, mon ami, à une grande époque de ma vie. Ces huit derniers jours au château furent pour moi huit jours de lutte contre les empêchemens qui se multipliaient incessamment, et qu'incessamment aussi mon imagination toujours en travail parvenait à vaincre, soit par le mensonge, soit par l'adresse seulement. Il y a là tout un cours de ruses, un perfectionnement de malice dont ma vanité put être flattée alors, mais dont ma conscience a bien le droit de s'effrayer un peu, quand je pense au compte exact qu'il m'en faudra rendre un jour. Mon âge, je le crains bien, ne pourra pas me servir d'excuse : on mesure les fautes sur la portée de l'intelligence de celui qui les commet, et la mienne était terriblement développée, comme vous allez voir.

Depuis la lettre à ma mère, on m'avait privée de mes plumes et de mon papier. Ce n'était pas absolument pour m'empêcher d'écrire; mais j'étais obligée de justifier l'emploi des feuilles que je voulais avoir. On craignait, sans doute, de ma part, une correspondance mystérieuse au dehors. Il fallut donc trouver un prétexte pour obtenir de maman la précieuse feuille de papier que je désirais tant. Cela ne me mit guère l'esprit à la torture; ce prétexte était simple à imaginer et la raison facile à faire comprendre : nous partions dans huit jours, mon père devait être bien aise de savoir l'époque certaine de notre retour, et d'ailleurs une lettre de moi lui faisait toujours un plaisir infini. Je dis tout cela assez légèrement, sans avoir l'air d'y attacher de l'importance. Maman, qui n'y voyait pas malice, me délivra le double feuillet blanc qu'il me fallait tout entier pour ma double lettre. Quand je fus seule, je le partageai en deux et je commençai bien vite à écrire à mon père; puis, après les premières lignes, je me mis à détailler à Emile tous mes tourmens, à lui jurer cent et cent fois l'amour le plus tendre, et, lorsque j'entendais du bruit dans le corridor, je reprenais avec empressement ma première lettre, y ajoutant toujours quelques expressions de reconnaissance pour ma bonne mère ; le bruit cessait-il, je revenais aussitôt à mon épître amoureuse, et là je me dédommageais bien de ces éloges menteurs que la prudence me dictait, en accusant le sort de ce que nos parens ne savent jamais nous comprendre. Mes deux lettres, alternativement quittées et reprises, furent achevées en même temps. Il fallait éviter que l'on ne vînt à me questionner sur l'emploi du second feuillet; je m'étudiai pendant une heure à trouver un pliage assez adroit pour dissimuler le partage de la feuille sans diminuer pour cela son format : j'y parvins, mais non sans peine, et, après lecture faite à ma mère de cette lettre, qu'elle trouva joliment tournée, bien que le style en fût singulièrement torturé, j'eus la satisfaction d'apposer moi-même le cachet et de m'assurer ainsi que l'on ne découvrirait pas cette première ruse. Et d'une ! mon ami. Nous sommes au matin du lundi, et c'est au samedi seulement que notre départ est fixé.

C'était beaucoup d'avoir écrit, ce n'était rien si la lettre devait rester sous le busc de mon corset. Combien de fois dans cette journée je m'approchai d'Emile pour la lui glisser dans la main ! Mais toujours le regard inquiet de Paul épiait mes intentions ; toujours, ou ma mère, ou celle d'Emile, ou M. Froger, ou quelque autre importun enfin, était là et me mettait au supplice par son attention soutenue. Le soir vint, et avec lui l'heure de notre promenade accoutumée. Je ne savais quelle ruse imaginer pour prendre, ne fût-ce que pendant une seconde, le bras d'Emile; maman veillait sur toutes mes démarches, et je ne pouvais la quitter d'un pas. Cependant j'étais résolue à lui échapper pour un moment, et je me demandais comment j'y pourrais parvenir, quand mon pied se heurta contre un gros caillou. Surprise par le choc, je poussai un cri. « Maladroite! me dit maman, ne va-t-elle pas se donner une entorse à présent? » Sans réfléchir davantage, j'adoptai cette idée, qui me semblait une inspiration venue du ciel ; je n'avais fait que trébucher à peine, je me laissai lourdement tomber, en jetant de nouveaux cris de douleur, qui amenèrent auprès de nous Emile et Paul, que je savais dans l'allée voisine. Ma chute me fit assez de mal pour que tout ne fût pas simulé dans les plaintes que je faisais entendre. Maman voulait m'obliger à marcher; mais je restai là, jurant qu'il m'était impossible de me relever. Comme la douleur réelle que me causait ma chute était assez poignante pour m'arracher des larmes, on crut à mon mal en me voyant pleurer. « Allons, reprit maman, il faut retourner au château ; que l'un de ces messieurs veuille bien te donner le bras; nous irons tout doucement, et tu te reposeras en route, si tu te sens trop souffrante. »

Paul et son frère s'offrirent en même temps pour être mes appuis : vous devinez bien quel fut mon choix. D'abord je les pris tous deux: mais comme cela ne servait en rien mes projets, je feignis d'avoir perdu ma petite bourse de soie verte que je portais à ma ceinture. J'en parlai avec tant d'inquiétude, que Paul, me confiant aux soins de son frère, retourna pour la chercher à l'endroit où j'étais tombée. Enfin je me trouvais donc seule auprès d'Emile !

— Vous souffrez ! me demanda-t-il avec intérêt; car chaque pas que je faisais paraissait me donner une commotion douloureuse. Je le regardai sous les yeux; il me vit sourire et s'arrêta tout surpris.

— Marchons, lui dis-je, on nous observe ; et je continuai : Cherchez bien sous la couverture du livre que je vous rendrai demain ; il y aura une lettre pour vous.

Paul revint sans avoir pu trouver ma bourse, que je tenais soigneusement cachée sous ma ceinture. Il reprit mon bras, je recommençai à boiter de plus belle, et quand nous arrivâmes au salon, M. Froger et nos mères firent subir à mon pied, qui ne souffrait plus, un sévère examen. Chacun tomba d'accord qu'il y avait foulure; on l'enveloppa de compresses, et défense me fut faite de sortir de ma chambre le lendemain. « Elle sera bien heureuse, disait M. Froger, si elle en est quitte pour neuf jours de repos. »

Le lendemain, vous le voyez, je n'étais guère plus avancée, Emile n'avait pas ma lettre.

— Mon Dieu ! maman, dis-je à celle-ci lorsqu'elle monta chez moi après le déjeûner, si M. Emile voulait me prêter ses belles poésies de Pope, au moins je ne penserais pas à mon mal en lisant.

J'avais choisi un poëte anglais pour être plus certain que maman ne demanderait pas à parcourir le livre lorsque je voudrais le faire remettre à Emile. Le volume me fut apporté. Au premier moment dont je pus disposer, je soulevai avec la lame d'un canif la belle reliure de maroquin, et je glissai mon billet sous l'ouverture de ce discret portefeuille. Paul entra pour s'informer de l'état de mon pied blessé et pour me demander aussi si je n'aurais pas par hasard retrouvé la bourse qu'il avait été si complaisamment chercher dans le parc. Je le remerciai de sa peine inutile de la veille et de sa bonne visite du matin ; et puis, comme j'étais pressée de rendre le volume, à présent que mon projet était accompli, je dis à Paul :

— Il faut que votre frère s'entende bien peu aux lectures qui conviennent à une malade de mon âge ; je lui demande les poésies de Pope parce que je ne les connais pas ; mais lui qui doit les avoir lues pouvait bien me prévenir que c'était ennuyeux à la mort. Soyez donc assez aimable pour lui reporter son livre.

— Et pour lui dire vos paroles aussi, ajouta Paul tout joyeux de ce que je le mettais à même d'injurier son frère en mon nom.

Il partit avec le mystérieux dépôt que j'avais confié au grand classique anglais, se doutant peu qu'il n'était en ce moment qu'un messager d'amour.

Un quart d'heure après, Paul revint dans ma chambre ; il était pourpre de satisfaction, car il avait parlé sévèrement à Emile. Mon obligeant commissionnaire ployait sous le poids d'une vingtaine de volumes; il avait bouleversé toute la bibliothèque de sa mère pour me trouver des ouvrages amusans. Il les étala avec fierté sur ma table, en me disant :

— On a beau me répéter que l'autre a meilleur goût que moi; quand je veux m'en donner la peine, vous allez voir si c'est moi qui choisis le moins bien.

Il me dit cela avec un air si orgueilleux, que je ne me sentis pas le moins du monde repentante de la ruse que j'avais employée avec lui.

Pourquoi donc, mon ami, la vanité de ceux qui sont destinés à être pris pour dupes semble-t-elle augmenter à mesure qu'on les trompe davantage? Est-ce un défi ou un encouragement qu'ils donnent à notre malice? Pour moi, je ne sache rien qui inspire plus le désir de la tromperie que la présompion d'une dupe, et Paul était la mienne.

Enfin ma lettre était parvenue à son adresse ; mais moi, j'étais là, dans ma chambre, obligée de feindre la souffrance , presque à la diète pour éviter les progrès de la fièvre que je ne sentais pas venir, et le pied empaqueté sans avoir le droit d'aller jusqu'à ma fenêtre, à moins que maman ne voulût bien se tenir auprès de moi et me prêter le secours de son bras. Je leur disais en vain que la douleur commençait à diminuer; on n'en voulait rien croire.

— C'est l'engourdissement qui continue, objectait le savant M. Froger.

— Si l'engorgement s'en mêle, reprenait madame Ripère, il ne sera pas mal de lui mettre quelques sangsues.

A cette menace, je pris la ferme résolution de me trouver entièrement guérie le lendemain; et, en effet, à mon réveil, je sautai en bas de mon lit et je courus à la chambre de ma mère ; là je lui montrai mon pied libre et souple comme s'il n'y avait jamais eu de foulure à craindre pour lui. Elle hocha la tête en signe de défiance; mais je me mis à danser comme une folle, à cabrioler avec tant de bruit et de gaîté, qu'il fallut bien qu'elle se persuadât à la fin. Le tapage que je faisais avait encore un autre motif que vous allez comprendre. Comme j'étais dans la chambre de maman et que je passais et repassais auprès de sa porte entr'ouverte, je crus entendre une clé tourner dans la serrure de la mienne ; je jetai, à la dérobée, un coup d'œil dans l'entrebâillement, et je reconnus Emile qui entrait chez moi à pas furtifs. Repousser la porte, sauter sur le lit de maman pour l'empêcher de se lever, remuer tous les meubles pour qu'elle n'entende rien, tout cela est l'affaire d'une seconde ; je voulais l'étourdir, mais sans m'étourdir moi-même, car tandis que j'allais et venais comme une écervelée, mon oreille attentive guettait tous les bruits du corridor. Enfin le froissement des pas légers d'Emile arriva jusqu'à moi , et quand je fus bien certaine qu'il s'était éloigné, je cédai aux cris de ma mère, qui, depuis quelques minutes, m'ordonnait de me tenir en repos. Je la laissai s'habiller; j'étais pressée de savoir ce qu'Emile était venu faire dans ma chambre.

En rentrant chez moi, un tremblement indéfinissable me saisit; une idée de pudeur me fit monter le rouge au visage quand je me retrouvai face à face avec mon lit découvert, où les regards d'Emile avaient pu plonger; vous le voyez, l'enfance avait disparu, la jeune fille commençait. Mon premier mouvement fut de fermer mes rideaux, comme s'il avait encore été là; puis je tombai pensive sur une chaise. Je m'interrogeai sur le sentiment de crainte qui s'emparait de moi, et il me sembla que c'était sa hardiesse de ce matin qui seulement me rendait coupable; mais, ne sachant encore quel nom donner à une faute dont je m'accusais sans être complice, je me mis à chanter bien fort pour chasser toutes les tristes pensées qui me venaient en foule. Cependant l'insouciance de mon âge reparut, et avec elle mes questions intimes sur la démarche d'Emile. Il n'a pu venir ici que pour me donner la réponse de ma lettre; mais où l'aura-t-il placée? Je soulevai mon oreiller, rien; mon traversin, pas davantage; j'ouvris tous les tiroirs, je bouleversai tous mes fichus, je frippai toutes mes collerettes, et nulle part je ne rencontrai la réponse d'Emile. — Il l'aura emportée! me dis-je avec chagrin. Comme je cessais mes inutiles recherches, l'un des livres épars sur ma table frappa mes regards; je crus le reconnaître. Mais oui! c'était bien lui! le volume que j'avais renvoyé la veille par Paul, et qu'Emile me rapportait ce matin avec un billet sous la couverture. J'entr'ouvris la poche de notre portefeuille improvisé, et, sur un petit carré de papier bien soigneusement caché, je lus ces mots:

« Cher ange, j'ai brûlé ta lettre, mais j'en conserve la cendre; dans deux heures, je pars pour la chasse; le bois de Saveney est tout près de la ferme des Aulnes.»

Il n'y avait que cela; mais c'était assez me dire de quel côté je devais diriger la promenade de maman. Je m'y pris de telle façon avec elle que M. Froger consentit à venir encore ce jour-là à la ferme. Le consentement du professeur venait de ce que le médecin avait ordonné un peu d'exercice à madame Ripère; si bien que Paul fut forcé de nous suivre et que nous partîmes tous dans la calèche. Emile, qui devait rejoindre à cheval ses amis les chasseurs des environs, fut aussi de la partie de voiture, et, comme il faut toujours céder la place d'honneur aux personnes âgées, M. Froger occupa le fond de la calèche, ayant à sa droite madame Ripère, et maman à sa gauche; moi, j'étais placée sur la banquette de devant, comme à table: c'est-à-dire entre Emile et Paul. Là, le jaloux était sans prétexte pour espionner le contact de mes genoux avec ceux de son frère; il eut beau chercher à enchevêtrer ses pieds sous les miens durant cette course qui dura une grande heure; je fus tout entière à Emile, en dépit des regards observateurs qui s'attachaient sur nous.

Il y avait grand remue-ménage à la ferme quand nous y arrivâmes. Madame Boulain, la fermière, venait de mettre au monde son septième enfant; on ne l'attendait que pour le mois suivant; mais le petit bonhomme n'avait pas jugé à propos de prendre patience jusque-là. M. Froger, qui ne savait rien dire sans prendre un ton doctoral et dont la vie était un professorat continuel, fit au mari une très intéressante dissertation sur les naissances précoces; je dis intéressante par supposition seulement, car je profitai du brouhaha de la maison et des visites que nos mères firent à l'accouchée pour glisser encore quelques mots à Emile que l'heure appelait à son rendez-vous de chasse.

Comment je parvins à me faire choisir pour marraine du nouveau-né? Comment je m'y pris pour avoir occasion de retourner le lendemain seule à la ferme? Comment ma mère finit-elle par se rendre à mes supplications, lorsque je sollicitais auprès d'elle la faveur de donner mon nom au septième marmot de la fermière? Comment enfin éloignai-je tour à tour les parrains que l'on m'offrait, depuis M. Froger jusqu'à Paul, et par quel moyen aussi à décider madame Ripère à me proposer Emile pour compère? Tout cela fut le résultat de petits détours, de mines hypocrites, de câlineries sans nombre. L'important pour moi, c'est que tout cela arriva comme je l'avais voulu, et que la veille de mon départ, dans l'église du village d'Avesnes, devant le prêtre qui baptisait le petit Emile-Marie, moi, parée comme une mariée, ma main appuyée doucement sur la main d'Emile comme pour protéger la tête de l'enfant, je jurai à mon joli parrain, et cela en présence de l'image de Dieu, de ne jamais me séparer d'Emile, même par la pensée, tant que la volonté de nos parens ne ratifierait pas l'alliance de nos cœurs.

DOUZIÈME SOUVENIR.

La Boucle de Cheveux.

> Et, suppliante, les genoux fléchissans, les paupières timidement baissées, telle la prisonnière parut devant son vainqueur.
>
> A. ARNOULD.

Heureuse, la veille, et de ma parure qui me rendait belle, et de cet amour qui ne m'embellissait pas moins; le lendemain, je fus bien triste lorsqu'il fallut aller m'asseoir pour la dernière fois à cette table de la famille où j'avais amassé une si grosse somme d'émotions et de souvenirs. Alors, il n'y avait plus de surveillance à craindre; maman, tout occupée de ses préparatifs de départ, ne songeait plus à m'espionner; M. Froger présidait aussi à l'arrangement des malles de ses élèves, qui devaient également repartir pour Paris, mais deux jours seulement après nous. Madame Ripère, étendue sur une chaise longue, et à peine remise encore de la fatigue de ses voyages au village d'Avesnes, me donnait les plus sages conseils pour ma conduite à venir. Je la regardais bien, mais je ne l'écoutais pas; toute mon attention était pour Emile, qui ne paraissait pas aussi peiné que j'aurais voulu le voir. Quant à Paul, c'est à peine s'il avait pris part au déjeûner; son air sombre était revenu, mais ce n'était plus de la mauvaise humeur que je lisais dans ses yeux: c'était du chagrin; il avait enfin la physionomie que je désirais voir à son frère, et si, comme à mon arrivée, je ne me dis plus: — Lequel dois-je aimer le mieux? je ne fus pas embarrassée pour savoir lequel des deux m'aimait davantage. Un moment je me sentis sur le point de me repentir de mon choix; mais je me souvins du serment solennel que j'avais fait la veille, et je pensai que si Emile regrettait moins ma perte, c'est qu'il était bien sûr de mon amour.

Encore deux heures, et puis la voiture viendra nous chercher: c'était bien peu de temps à rester au château. Cependant nous ne savions tous comment passer ces deux heures d'attente; ma chambre était rangée, mes paquets étaient prêts; j'avais eu soin de mettre dans ma jolie boîte à ouvrage l'agrafe de ceinture qu'Emile m'avait donnée comme cadeau du parrain à sa commère. J'étais seule chez moi, les livres de Paul encombraient encore ma table, et parmi eux je retrouvais aussi le volume de Pope, qui avait si bien servi à notre correspondance. Je crayonnai quelques mots sur un chiffon de papier, et, pour la dernière fois, je glissai un billet sous la reliure ouverte: c'étaient mes adieux à Emile. J'y ajoutai un léger reproche touchant son peu d'empressement auprès de moi, mais je terminai aussitôt par un généreux pardon : je ne voulais pas, après mon départ, le laisser avec le chagrin de me croire fâchée. « Ce qui te justifie, lui disais-je, c'est ton bonheur d'hier; il t'occupe encore trop aujourd'hui pour que tu puisses songer à ce que notre séparation a de cruel. A l'année prochaine, cher petit mari! »

J'achevais de fermer mon billet, lorsque Paul ouvrit brusquement ma porte; je reculai avec effroi, croyant d'abord que c'était maman qui m'avait guettée à travers la serrure.

— Que voulez-vous? Que venez-vous me demander? dis-je à Paul qui s'était arrêté au milieu de la chambre.

D'une voix que l'oppression rendait sourde, il me dit :

— Continuez, Marie!

— Qu'entendez-vous par là? lui demandai-je, en cachant soigneusement mon billet.

— Vous me comprenez bien, mademoiselle, reprit-il avec son triste sourire. Je viens chercher mes livres; vous allez sans doute me donner encore celui d'Emile, que vous tenez là à la main, pour me le cacher, comme si je ne l'avais pas bien reconnu. Dites-moi, faudra-t-il aussi, quand ma commission sera faite auprès de mon frère, que je revienne ici vous apporter sa réponse?

A ces mots, je pâlis : il avait encore surpris ce secret-là. Je restai muette.

— Je ne vous fais pas de reproches, Marie, ajouta le pauvre jeune homme; vous êtes libre de l'aimer plus que moi, vous êtes libre aussi de vous donner une entorse, afin d'avoir son bras pour vous soutenir; mais où vous avez manqué de précaution, c'est quand vous vous mîtes en peine de votre bourse, restée, disiez-vous, à l'endroit où vous étiez tombée. Pour ne pas me donner de regrets lorsque je courus si vite pour vous la chercher, il fallait au moins, Marie, avoir soin d'en cacher les cordons qui pendaient à votre ceinture. Vous aviez le droit de vous moquer de moi, je vous l'accorde, mais vous ne deviez pas me donner celui de vous accuser de maladresse.

A mesure qu'il me parlait, la honte qui remplissait mon cœur me montait au visage; je n'avais pas eu pitié de lui, il fut plus généreux avec moi; car, après quelques mots encore qu'il ajouta pour me prouver qu'aucune de mes ruses n'avait pu lui échapper, il me dit :

— Nous étions deux à aimer ici : vous avez choisi celui qui peut être galant avec toutes les femmes; c'était juste, je devais m'y attendre. Ma mère m'a bien dit que je ne saurais jamais me faire aimable; parce que moi, voyez-vous, Marie, je ne me fais point tel ou tel que je voudrais être, je me donne pour ce que je suis, et il paraît malheureusement que je ne suis pas bien, puisque personne ne me l'a encore dit, tandis que chacun fait l'éloge d'Emile. Cependant je ne mérite pas qu'on me haïsse, je n'ai rien fait à personne pour cela.

— Mais croyez bien que je ne vous hais pas, monsieur Paul! au contraire.

Pour un rien, je lui aurais dit que je l'aimais, tant j'étais touchée de sa franche expression de tristesse. Il ne voulait pas pleurer devant moi, mais le son de sa voix était si plein de larmes, que je me sentais tout attendrie aussi et que ma vue se troublait.

— Vous ne me haïssez pas; je le crois bien, me dit-il, quelle raison donneriez-vous à votre haine pour moi, quand je fais tout pour en trouver une à votre amour pour Emile! Il vous plaît davantage, vous le préférez, c'est là tout ce que vous pourriez répondre. Mais je ne suis pas venu ici pour vous faire subir un interrogatoire ennuyeux; je ne veux, au contraire, que vous demander une grâce. Ainsi ne parlons plus de mon frère; qu'il soit heureux, c'est son sort, à lui!

— Me demander une grâce! répliquai-je; mais que puis-je donc faire pour vous, monsieur Paul?

— Vous pouvez me donner plus qu'il n'a reçu de vous; c'est mieux qu'une parole de tendresse que j'exige; il me faut davantage, pour que je me trouve content et que je puisse vous quitter.

Je ne comprenais pas bien la portée de ces paroles; cependant le ton qu'il avait pris en me disant : « Il me faut davantage! » me faisait souvenir de la scène pénible où mon maître de dessin avait osé approcher ses lèvres des miennes. Oh! mon Emile! il n'eût jamais exigé cela de moi; et Paul, que je ne voulais pas aimer, devait bien se garder d'y prétendre. Paul vit le mouvement de crainte que je faisais en m'éloignant de lui, et il reprit avec surprise :

— Mais à quoi pensiez-vous, mademoiselle Marie? C'est une prière que je vous fais, et non pas une offense. Je suis bien malheureux si, même quand je vous supplie, il faut encore que je vous fasse peur.

Rassurée enfin, je me rapprochai de Paul; il me prit la main et continua :

— Vous voyez que j'ai un peu de fièvre, il faut être bonne pour moi; ce n'est pas ma faute si je suis malade.

— Encore, monsieur Paul, faudrait-il savoir ce que vous désirez? Je ne peux pas le deviner, moi. Mais dépêchez-vous; car si maman venait, si elle nous trouvait ensemble, que lui dirais-je?

— Vous diriez ce que vous avez dit pour Adrien : que c'est moi que vous aimez; et comme cela on ne soupçonnera rien sur Emile; car il faut que tout lui profite à lui, même le chagrin des autres! Si vous saviez, Marie, combien il m'a fallu avoir de raison pour ne pas vingt fois lui chercher querelle; mais non, le courage me manque pour cela; je me sens lâche près de lui.

— Non, vous êtes bon frère, et voilà tout; aussi, je vous le jure, si cela m'est possible, je vous accorderai votre demande; mais à condition que vous aimerez Emile : me le promettez-vous?

— Je tâcherai, Marie; tenez aussi la parole que vous venez de me donner, car rien n'est plus facile.

— Qu'est-ce donc enfin?

Il hésita.

— Un mot écrit de ma main, peut-être?

Il ne répondit pas.

Je cherchais encore, lorsqu'à travers un gros soupir, il murmura :

— Je désire une boucle de vos cheveux.

Cela me fit réfléchir. Le matin, en m'éveillant, j'avais pensé à laisser un pareil souvenir à Emile; lorsque Paul entra chez moi, je me disposais à glisser et mon billet d'adieu et la boucle que j'avais adroitement coupée dans la couverture du volume. Emile ne me l'avait pas demandée. Cependant Paul attendait ma réponse avec anxiété, et moi, je ne savais que lui dire. La lui refuser absolument me semblait une cruauté; lui donner la boucle de cheveux que je destinais à son frère, c'était presque un sacrilége. Fatigué d'attendre en vain une parole de consentement ou de refus, il insistait pour savoir son sort.

— Il n'est plus temps, lui dis-je; voici ma mère!

J'avais entendu le bruit de ses pas. Paul me quitta; mais, avant de sortir, il me jeta ces mots de désespoir :

— Voilà, Marie, qui vous sauve de l'embarras d'une réponse. Songez bien cependant que je ne vous tiens pas quitte envers moi; vous m'aviez promis d'exaucer ma prière si je ne vous faisais pas une demande impossible à satisfaire, et comme je vois bien que c'est un parti pris chez vous de me rendre malheureux, eh bien! je ne serai pas seul, et peut-être aussi ne le serai-je pas long-temps!

Une demi-heure restait à peine; déjà le tumulte du départ se faisait entendre dans les escaliers du château ; je disais adieu à celui-ci, j'embrassais celle-là. Dix fois j'avais parcouru tous les étages de la maison pour prendre congé des nombreux domestiques de madame Ripère, et toujours la menace de Paul bourdonnait à mon oreille ; j'entrevoyais après mon départ un malheur qu'il me serait cependant facile d'éviter. Poussé à bout, Paul était capable même d'une mauvaise action ; mais pouvais-je lui donner un seul brin de ma chevelure, quand devant Dieu j'avais juré à Emile d'être à lui tout entière et de ne pas disposer même de mes pensées sans lui en rendre un compte fidèle? Je tournais, j'allais, je venais, répondant tout de travers à ceux qui me parlaient, oubliant à dessein tantôt mon mouchoir, tantôt ma bourse, tantôt mon sac, et remontant sans cesse chez moi, toujours tourmentée par les dernières paroles du jaloux. Jamais mon esprit ne s'était trouvé à pareille torture, jamais tête de quatorze ans n'avait été bouleversée par autant de pensées diverses : je ne savais à laquelle m'arrêter. Paul avait encore une fois passé près de moi, et m'avait dit d'un ton résolu : « Est-ce oui? est-ce non? » Encore une fois je l'avais laissé sans réponse : il fallait me décider cependant. Enfin le hasard amena pour un moment Emile devant moi ; lui qui me cherchait toujours ordinairement, tout occupé ce jour-là de nouveaux projets de chasse pour le lendemain, paraissait attendre avec impatience le moment de me faire ses adieux.

— C'est bien heureux ! lui dis-je quand je vis que nous étions seuls.

— Ne veux-tu pas, me dit-il, que je te compromette auprès de ta mère et de la mienne, pour quelques minutes que tu as encore à rester ici?

— Il ne s'agit pas de cela, Emile, répondis-je, j'avais à vous parler.

— Eh bien ! chère petite Marie, continua-t-il en me prenant les mains dans les siennes et en les couvrant de baisers, voyons, parle, que veux-tu?

Et, comme je m'inquiétais de cette familiarité, il me montra à travers le rideau de la fenêtre tous les habitans du château qui se pressaient dans la cour autour de ma mère prête à partir. Moins inquiète, je repris :

— Hier, Emile, j'ai juré de vous appartenir, et de cœur, dès aujourd'hui, je suis toute à vous.

— Oui, toute à moi, cher ange ! Mais, en revanche, tu peux compter aussi sur ma fidélité.

— Oh ! j'y crois ; mais, dis-moi, si quelqu'un, qui est bien malheureux à cause de notre amour, me demandait une boucle de mes cheveux, est-ce qu'il faudrait la lui refuser?

— Sans doute, Marie, et n'accorde cette faveur à personne ; je ne le veux pas. Entends-tu bien? je ne le veux pas!

— Mais, je vous le répète, Emile, s'il était bien malheureux, et cependant s'il était en même temps assez bon pour cacher notre secret qu'il connaît et qui le fait souffrir?

— Ah ! c'est de ce bourru que tu veux parler? Je n'ai plus rien à dire, si ton amitié pour lui te conseille de lui faire le sacrifice de ta promesse envers moi.

— Emile, vous ne voulez pas me comprendre ; je ne viens pas vous dire que je veux vous sacrifier à Paul : pas plus à lui qu'à d'autres, vous le savez bien ; je viens seulement vous demander votre consentement, parce que je crois dépendre de vous, comme vous dépendez de moi. Voulez-vous ou ne voulez-vous pas que votre frère vous haïsse?

— Je n'y tiens pas beaucoup, à te parler franchement ; un boudeur ! un jaloux !

— Encore une fois, me laissez-vous libre? Si vous dites non, je m'y conformerai.

— Fais comme tu voudras, ma petite Marie, mais aime-moi toujours, voilà tout ce que je désire ; le reste te regarde. S'il ne faut que cela pour qu'il nous laisse en repos, donne-lui ta boucle de cheveux, et qu'il se console avec elle.

Je ne sais pourquoi, mais je fus si piquée du peu d'importance qu'Emile attachait à cette faveur que son frère désirait si ardemment, que j'allai bien vite retirer mon billet d'adieu du fond de la couverture du livre et que je le déchirai en mille morceaux. On m'appelait pour monter en voiture. Emile et Paul se tenaient aux deux côtés de la portière ; je ne sais trop auquel des deux je pressai la main avec plus de tendresse. Il y avait beaucoup de regrets dans les yeux d'Emile, quand il me quitta ; mais dans ceux de son frère, il y avait des larmes. La voiture roula ; nous étions déjà à vingt pas de la porte du château que je n'avais pas encore remis à Paul cette boucle de cheveux, destinée d'abord à un autre, mais que j'étais bien aise, à présent, de ne donner qu'à lui.

— Folle ! m'écriai-je, comme frappée d'un souvenir.

— Eh bien ! qu'y a-t-il? demanda maman.

— C'est ce livre que j'emporte par mégarde dans mon sac.

Et je lui montrai le volume de Pope. Je priai le cocher d'arrêter ses chevaux ; et, la tête passée dans le carreau de la portière, j'appelai de toutes mes forces. Paul était resté à la grille du château : il accourut.

— Pardon ! lui dis-je, c'est ce livre que j'avais oublié de vous rendre.

— Ah ! oui ; pour mon frère, me dit-il.

— Non ; pour vous, entendez-vous, c'est à vous celui-là.

Un éclair de plaisir illumina ses yeux, et tandis que la voiture repartait au grand trot, moi, toujours penchée en dehors, je le vis ouvrir précipitamment la reliure, en tirer le papier qui renfermait ma boucle de cheveux et la porter à ses lèvres avec amour. Le détour de la route me cacha le reste de sa joie.

TREIZIÈME SOUVENIR.

L'Année stérile.

Et pourtant la moisson fut belle !
M. VALMORE.

On ne quitte pas tout entière les lieux où l'on aima. Mais, bien que la meilleure part de nous-même y reste après nous, ce que nous emportons de souvenirs, de motifs de joie, de sujets de douces rêveries, compense si bien ce que nous y avons laissé, que nous nous retrouvons encore plus au complet, et par ce que nous leur devons et par ce qu'ils gardent de nous. Deux amours à mon âge !... Une incertitude quelquefois pénible, mais le plus souvent délicieuse, entre ces deux frères qui m'aimaient si bien, quoiqu'ils ne m'aimassent pas de même ; voilà ce qui devait occuper ma tête et mon cœur durant la longue année où il me fallait revenir à tous les devoirs de ma vie de pensionnaire, sans que la plus petite intrigue, le rendez-vous le plus innocent pussent en rompre l'uniformité. C'était bien triste de passer ainsi des folies de l'amour, des rêves du mariage, à la sévère discipline des classes, et de trouver, au lieu de la physionomie enjouée d'Emile et du regard jaloux de Paul, une froide et stupide figure de professeur qui bâillait à sa leçon comme pour nous prêcher d'exemple. Le caquet des pensionnaires m'était devenu insupportable ; toutes me paraissaient sottes, parce que pas une n'était digne de me comprendre : Clémence avait quitté le pensionnat de madame Férier. Bref, je trouvais que mes petites camarades mentaient à leur destinée de jeunes filles, quand c'était moi, mon ami, qui mentais à mon âge; elles n'étaient pas trop enfans, mais je ne l'étais plus assez, et faute de ne pas savoir me tenir à ma place, je vivais isolée dans la pension. Je me privais des jeux qui ne me semblaient plus faits pour moi, et les toutes grandes pensionnaires ne voulaient pas encore m'admettre dans leur intimité, prétendant que j'étais trop jeune pour me mêler avec elles. Si elles avaient su! Mais non, je ne disais mon secret à personne, je ne voulais pas l'éparpiller de peur d'en perdre quelque chose.

Cependant un sombre ennui me saisit dans cette maison; de jour en jour ma santé s'altérait, et, comme j'étais réellement assez avancée dans mon éducation pour la terminer chez mes parens, j'écrivis franchement à mon père que je mourrais de chagrin si l'on voulait me forcer à rester plus long-temps chez madame Férier. Le médecin, qui me trouva tout aussi indisposée que je le disais, détermina mon père à me rappeler à la maison. Cette maladie, que j'attribuais seulement à l'ennui, avait une autre cause.

Durant les derniers mois que je passai chez ma maîtresse de pension, mes forces diminuèrent singulièrement; une pâleur extraordinaire avait remplacé le ton rosé de mes joues; mes yeux vifs et brillans perdirent leur éclat habituel, et un cercle, qui bleuissait tous les jours, entourait mes paupières que des larmes brûlantes venaient baigner à mon insu; enfin, au moment où j'étais le plus attentive à mon travail, un sentiment de pesanteur oppressait ma poitrine, ma vue se troublait, la plume ou le livre me tombait des mains, et je me laissais aller moi-même à l'évanouissement, croyant mourir, disant adieu au monde et regrettant tout, car j'avais tout à connaître! Alors on s'empressait autour de moi; à force de soins, je revenais à la vie; mais j'étais glacée, et quand je demandais ce que c'était que mon mal, les petites filles, jalouses de mes succès à la pension, murmuraient: — Ton mal? c'est que tu le fais exprès pour déranger tout le monde. — Les grandes se pinçaient les lèvres pour ne pas rire, et madame Férier, me regardant avec intérêt, me disait: — Ce n'est rien que cela, ma chère enfant, tu en reviendras comme les autres; seulement, tu es bien jeune encore!

Deux mois ne s'étaient pas écoulés depuis que je demeurais dans la maison de ma mère, que le cercle de mes paupières s'effaça, que mes forces revinrent, que mes yeux reprirent leur éclat, et mes joues leur fraîcheur; mais c'est alors aussi que l'on commença à ne plus me considérer comme une enfant: une révolution naturelle m'élevait au rang de jeune fille, et je n'avais que quatorze ans et demi!

Au mouvement de terreur que me causa d'abord mon nouvel état succéda bientôt un sentiment de douce tristesse que la prudence de mon père combattait à force de plaisirs bruyans, mais qui me saisissait dans mes rêves et se mêlait aux noms de Paul et d'Emile. Il y eut de si étranges révélations pour moi dans les premières nuits qui suivirent ma convalescence, que je me réveillais toute confuse et rougissant au souvenir de mon intimité avec les deux fils de madame Ripère. Ces petites ruses pour tromper maman me revenaient à l'esprit comme des fautes bien graves; ces rencontres dans le parc, ménagées avec tant d'adresse et qui me rendaient si joyeuse du bonheur d'Emile, commencèrent à me paraître ce qu'elles étaient vraiment: des imprudences impardonnables; je compris aussi pourquoi la venue d'Emile, un matin, dans ma chambre, m'avait causé un si grand saisissement; j'entrevis enfin que, si j'étais pure encore, c'était moins parce que je l'avais voulu que parce que je m'étais adressée à des cœurs généreux qui ne voulaient avoir de mon amour que ce qui ne devait rien coûter à mon innocence.

Autant j'appelais autrefois de mes vœux l'époque des vacances, autant je tremblais en moi-même à la pensée de me retrouver un jour seule à seul avec l'un des deux frères. Autant j'avais été fière des regards d'intérêt que m'attirait ma jolie petite mine éveillée, autant j'étais embarrassée devant les yeux qui se fixaient sur moi. Les complimens qui avaient le plus flatté mon amour-propre blessaient maintenant ma pudeur, et, pour un temps, je crus voir une offense dans ce que je regardais auparavant comme un tribut d'hommages que méritait ma gentillesse. Vous dire, mon ami, que j'étais absolument fâchée de me voir l'objet des attentions de quelques jeunes gens que je rencontrais au spectacle ou dans les promenades, ce serait mentir; ma coquetterie précoce ne pouvait pas se désaccoutumer ainsi des galanteries qui l'avaient si vite développée. Un mot aimable me donnait de la gêne, je l'avoue; mais, au milieu de mon embarras, j'éprouvais encore du plaisir à l'entendre.

Les opérations commerciales de mon père l'obligeaient à recevoir beaucoup de monde; il réunissait quelquefois à sa table plusieurs de ses cliens ou de ses associés; c'était souvent des figures nouvelles auxquelles j'étais forcée de faire les honneurs de la maison, car on m'avait chargée de plusieurs détails du ménage, afin d'occuper mon esprit que l'on trouvait trop rêveur.

Parmi ces visages inconnus qui venaient s'asseoir à notre table, un jour je remarquai une bonne grosse mine de fermier, flanquée d'une longue et pâle physionomie de jeune clerc d'avoué. On me para un peu mieux qu'à l'ordinaire; maman me força de chanter au piano après le dessert; mes cahiers de dessin furent exposés en grande pompe sur la table ronde du salon, et le grand pâle me fit la politesse de me dire quelques mots en anglais. Jamais je n'avais vu mon père si enthousiaste de mes talens; jamais maman n'avait parlé de moi avec tant de bonté. Le gros fermier me prenait les mains avec un air d'amitié vraiment paternelle. Je ne savais que penser de tout cela, quand maman dit au fermier :

—D'accord, monsieur Guerpin, mais pas avant dix-huit ans! Jusque-là nous recevrons avec plaisir votre fils, pourvu que vous l'accompagniez toujours.

J'avais bien fait attention au grand pâle; mais je ne l'avais examiné que comme un étranger que je pouvais regarder avec une curiosité indifférente. Je parlais anglais avec lui, et je cherchais même à faire briller mon savoir, quand les paroles de maman frappèrent mon oreille. Aussitôt je ne trouvai plus un mot à répondre à mon interlocuteur; toutes mes facultés s'étaient réunies dans mon regard: il s'agissait de voir en lui un mari futur. Je ne l'avais jugé que fort ordinaire; il me parut tout à fait déplaisant. Il eut beau faire pour soutenir la conversation, je lui tournai le dos; je me mis à ranger mes dessins; je fermai le piano; enfin, je sus si bien m'occuper, qu'il ne me trouva plus dans l'appartement pour me faire ses adieux, lorsqu'il se retira avec son bonhomme de père.

J'avais guetté son départ.

— Papa, m'écriai-je en rentrant dans le salon, je ne veux pas de ce mari-là; j'aime mieux n'en jamais voir.

— Et qui te parle de mari, petite folle?

— Oh! j'ai bien compris ce que maman voulait dire; mais pour aujourd'hui comme pour à dix-huit ans, c'est un parti pris, voyez-vous: je ne veux pas m'appeler madame Ferdinand Guerpin!

Encore une fois mon père me traita de folle; il regarda maman d'un air fâché comme pour lui reprocher son indiscrétion, et le fils du fermier ne reparut plus chez nous.

J'ignore si je dus à l'antipathie, que j'avais si franchement manifestée, de ne plus le revoir, ou si des discussions d'intérêt rompirent ce projet d'alliance; mais on persista à me dire que je m'étais trompée sur les intentions de mon père, et je commençais à le croire, lorsqu'un jour M. Guerpin revint à la maison. Ma mère était seule avec moi. Cette fois, le gros fermier ne me reprit plus les mains en signe d'amitié, au contraire, il me jeta un coup d'œil menaçant ; je me retirai. Son entretien avec maman dura près d'une grande heure. Lorsqu'il sortit, j'étais dans l'antichambre ; il me fit un signe que je ne compris pas d'abord et dont je n'osais demander l'explication devant ma mère ; enfin elle s'éloigna après l'avoir salué, et j'allais fermer la porte du carré sur lui, quand il se ravisa.

— Mademoiselle, me dit-il, je me charge là d'une commission bien singulière, mais je l'ai promis à ce malheureux enfant ; si cette lettre ne vous fait pas pleurer des larmes de sang, c'est que vous n'avez pas de cœur.

En me parlant ainsi, il me glissa un papier dans la main et ferma la porte. J'étais toute saisie, presque émue du ton chagrin de ce brave homme, et ne sachant si je devais ou non développer le papier qu'il venait de me remettre, j'eus un moment la pensée de le porter à maman ; mais quand je l'entendis, avec sa voix brusque, m'appeler du fond de l'appartement pour me demander à quoi je m'amusais dans l'antichambre, la volonté de me confier à elle disparut subitement ; je me rappelai la lettre suppliante que je lui avais écrite au château, et je serrai le billet du fermier sous mon fichu de cou. Quand je fus seule et libre dans ma petite chambre, je dépliai avec soin ce mystérieux billet ; il y avait une bague d'or avec une simple plaque sans chiffre, et voilà ce que je lus sur cette lettre signée Ferdinand Guerpin :

« Mademoiselle, je n'ai pas eu le bonheur de vous plaire ; vous ne me laissez pas même d'espoir pour l'avenir. Je ne dois pas plus long-temps vous importuner de mon amour, et, au risque de faire mourir mon père de chagrin, je le quitte et je m'engage comme soldat ; je sens que mon éloignement de Paris est nécessaire à votre repos, et qu'il me faut les émotions pénibles de la guerre pour me consoler de votre perte. Nous ne nous reverrons sans doute jamais ; ne vous reprochez point le malheur qui m'attend, je l'espère, loin de ma famille ; ça n'est pas votre faute si je me suis nourri trop long-temps de l'espérance de vous appartenir un jour ; ce n'est pas avec votre consentement que je vous ai suivie partout depuis six mois ! j'étais un étranger pour vous quand vous étiez déjà tout pour moi ! Je vous le répète, ne vous faites aucun reproche, car tout cela c'est ma faute. Cependant, comme il est impossible que l'on ne veuille pas un peu de bien à celui qui aurait voulu pour vous tant de bonheur, ne rejetez pas la prière que je vous fais, non pas de porter cette bague, mais de la conserver et de la regarder quelquefois, cela me consolera de tout. Je n'aurais pas osé vous l'offrir ; mais de la main de mon père vous la recevrez, je pense, comme une dernière preuve de mon respectueux attachement pour vous. »

Je fus touchée de cet amour qui ne se manifestait à moi que par un sacrifice ; Ferdinand se faisant soldat, et s'exposant à tous les dangers d'une guerre cruelle alors, ne me parut plus si désavantagé de la nature. Je me souvins que son regard ne manquait pas de bonté, et s'il eût été là, je ne sais trop ce que j'aurais répondu à sa demande en mariage ; mais il était loin, et c'est encore une remarque à faire, que les partis désespérés ont presque toujours été une duperie en amour : il arrive un moment où la moins impressionnable s'éprend d'une belle pitié, quand ce n'est pas d'une grande passion, pour celui qui lui plaisait le moins. Les femmes les plus sages ont leur jour de faiblesse, qu'il faut attendre, mais qu'il ne faut pas laisser passer sans en profiter. Cette minute d'oubli de soi-même ne revient guère, à moins qu'on n'en fasse plus qu'un jeu. Je n'ai parlé que pour celles qui comprennent la vertu et qui en font le devoir de toute leur vie.

Je vous ai dit, mon ami, qu'il n'y avait sur cette bague qu'une simple plaque d'or ; mais elle s'ouvrait, et, dans l'intérieur, je vis un nœud de cheveux blonds, et au fond, ces mots gravés :

« Parti pour Marie, le 18 juillet! » et puis l'année.

Il eût été trop dommage de rendre cette bague ; en parler à mon père, c'était m'exposer à la voir enlever, et d'ailleurs je voyais en elle le premier des gages de tendresse que j'étais destinée à recevoir. Certes, ce n'est pas de M. Ferdinand que j'aurais voulu l'obtenir, mais de quelque part qu'il nous vienne, nous tenons toutes à ce glorieux trophée, premier joyau de notre couronne de jeune fille, premier anneau de cette longue chaîne d'amour, que tant de pauvres filles ont formée avec soin pour la briser en pleurant au pied de leur lit nuptial!

Le temps des vacances revint, et l'on ne parla pas chez nous de me conduire au château d'A***. Je n'eus donc, pour me distraire un peu de mon espérance déçue, que l'assurance intime du souvenir de Paul et d'Emile ; je les voyais parcourant avec intérêt les allées du parc où nous nous promenions si souvent ensemble ; je m'imaginais que l'un deux, ou peut-être tous les deux à la fois, allaient souvent le matin guetter mon reveil à la porte de la chambre que je n'occupais plus, et surprendre le bruit d'une voix bien chère, mais qu'ils ne devaient plus entendre.

Il fallut encore passer l'hiver à Paris, sans recevoir de nouvelles de madame Ripère ou de ses fils. J'approchais cependant de ma seizième année, et cela me donnait du courage. Vous pensez bien, mon ami, que pour arriver au plus tôt à ce qu'il y a d'intéressant dans mon histoire, où les événemens sont si rares, je passe sous silence quelques rencontres au bal ; je ne vous parle pas non plus de ces bouquets que je paraissais recevoir avec indifférence de quelques cavaliers aimables, mais dont en secret je détachais la plus belle fleur, à qui je donnais toujours le nom de celui qui m'avait plu davantage. Ces fleurs, ainsi baptisées, je les conservais précieusement avec la bague de ce pauvre jeune soldat.

Cette année n'amena rien de nouveau dans mon existence, je fus aimée de plusieurs, parce que je m'obstinais à plaire surtout à ceux qui paraissaient ne pas vouloir faire attention à moi ; ma malice naturelle s'amusait des progrès d'un sentiment que je m'étudiais à feindre pour le faire naître, mais sans vouloir jamais le partager.

Je ne vous dirai pas la belle moisson de désespoirs d'amour que j'amassai dans le cours de cette année ; tout ce que je me rappelle, c'est que, malgré l'habile surveillance de mon père, malgré les soins de maman et ma volonté ferme à refuser tout présent qui ne me paraissait pas venir de la simple amitié, ma boîte à ouvrage était passablement remplie lorsque j'en fis l'inventaire: outre la bague de Ferdinand et une effrayante collection de fleurs fanées, j'y trouvai aussi un joli dé en or, qui s'appelait Henri, et un petit livre de prières, richement relié, que je nommais Ernest.

QUATORZIÈME SOUVENIR.

Le Malade.

Orages du cœur, c'est là mieux qu'une goutte de votre pluie.

O'MAHONI.

Nous nous écoutons vieillir, nous avons bien soin de noter dans notre mémoire chaque jour qui nous rapproche d'une époque désirée ; l'époque arrive, et si quelqu'un n'était pas là pour nous la rappeler, nous la laisserions passer sans nous apercevoir qu'elle est venue.

Vous savez si j'attendais depuis long-temps l'heure où ma seizième année devait sonner ; elle sonna enfin, et je répondis avec impatience à maman : « Il est dix heures ! » sans songer que nous étions au 22 mai, et que je venais d'avoir seize ans. Ce qui me rendait indifférente à tout ce jour-là, était une visite que M. Froger était venu nous faire la veille. Le vieux professeur nous apportait, avec des nouvelles du château, une invitation pour la fête prochaine du village d'Avesnes, où la famille Ripère devait se trouver réunie pour célébrer enfin la convalescence de la mère d'Emile. C'était déjà beaucoup pour me donner à penser, mais ce n'était pas là le point le plus intéressant de cette heureuse visite. M. Froger avait à me remettre une lettre de la fermière, qui me donnait mille détails sur mon jeune filleul, et se louait beaucoup de la générosité du parrain ; c'était une manière adroite de me rappeler mon devoir de marraine. Outre la lettre de madame Boulain, le professeur devait encore me donner, de la part de M. Ripère aîné, un livre de poésies anglaises, que j'avais paru désirer lors de mon séjour au château. Je n'eus pas plus tôt reconnu le discret volume de Pope, que mon cœur battit avec force ; ma langue s'embarrassa, et je ne sus comment trouver un remerciement poli pour la peine que M. Froger avait bien voulu prendre. Le livre passa des mains de maman dans celles de mon père avant d'arriver jusqu'à moi ; il le tourna et le retourna comme s'il avait pu soupçonner quelque chose, du moins j'en eus le pressentiment. Aussi, je n'osais plus bouger de place, et mes yeux suivaient avec anxiété tous les mouvemens du volume ! je croyais toujours voir tomber une lettre du fond de la couverture.

— Eh bien ! me dit mon père, remercie donc M. Froger de sa complaisance, et M. Emile de son joli cadeau. C'est un ouvrage un peu sérieux pour toi, mais j'aime mieux te voir lire ces livres-là que de mauvais romans comme ceux de ta grand'mère ; d'ailleurs, il y a long-temps que tu n'as travaillé ton anglais, cela te remettra, car il ne faut pas que tes études soient perdues.

— Si tu le veux, papa, je vais m'y remettre tout de suite, repris-je avec un peu d'assurance, car je tenais enfin le volume, et j'étais pressée de savoir ce qu'il contenait; je pensais bien qu'Emile ne me l'envoyait pas sans avoir pour cela un motif secret. Un coup d'œil de mon père réprima mon empressement trop marqué. Je n'étais plus inquiète ; je redevins plus calme.

La visite de M. Froger se prolongea assez avant dans la soirée; j'avais des nouvelles d'Emile ; je voulais à présent en avoir aussi de Paul. Ma mère amena elle-même le professeur à nous parler de son second élève.

— Que voulez-vous? nous dit-il, quand les maladies sont dans une maison, il faut que chacun en prenne sa part : voilà madame qui va mieux maintenant; mais le médecin n'en vient pas moins tous les jours au château, et ce n'est plus pour elle.

— Et pour qui donc ? demandâmes-nous tous à la fois.

— Pour ce pauvre Paul, et l'on ne sait ce qu'il a, ou plutôt je le sais bien, moi; mais il n'y a pas moyen de dire cela à une mère.

— Encore, reprit mon père, vous pouvez nous le dire, à nous qui nous y intéressons tant ?

— Vous avez vu, madame, continua M. Froger en s'adressant à maman, combien, malgré tous les efforts de sa raison, madame Ripère laisse percer la préférence qu'involontairement sans doute elle accorde Emile ; certainement que moi aussi je préfère celui-là : c'est mon meilleur élève, et, tandis que son frère ne donne aucune espérance à ses maîtres, lui les a toujours étonnés par son application soutenue et son intelligence vraiment rare; mais parce qu'un arbre est plus tardif qu'un autre, parce qu'il ne pousse pas aussi droit, ce n'est pas une raison pour le heurter tous les jours jusqu'à le déraciner, et c'est ce qu'on fait pour cet enfant, qui pouvait avoir de bonnes qualités. On me l'a rendu jaloux, et la jalousie à son tour le rend malade; le cœur a long-temps souffert, maintenant c'est le corps qui dépérit. J'avais bien quelque espoir quand nous sommes venus aux dernières vacances; la vie du château lui avait fait du bien l'année précédente; mais celle-ci a été plus funeste à sa santé que ne l'auraient été les travaux opiniâtres du collége. Si l'on n'y prend garde, on me le tuera, et sincèrement ce serait un grand deuil pour moi, car j'avais l'ambition d'en faire quelque chose : c'était difficile; mais, à force de peine, je crois que j'en serais venu à bout.

Le souvenir d'Emile avait cessé de m'occuper, l'image des souffrances de Paul, souffrances dans lesquelles ma vanité aimait à me croire pour quelque chose, pour beaucoup, pour tout! j'ose le dire, cette image, mon ami, affligeait profondément mon âme, et je ne pensais plus à cacher mes larmes, même devant mon père.

— Ah ça! demanda-t-il, il est donc sérieusement malade?

— Très sérieusement, répliqua le vieux professeur; et à moins d'un miracle...

— Allons, allons, dit mon père, ce n'est peut-être pas aussi grave que vous vous le figurez; au surplus, toutes ces affections qui ne viennent que des peines du cœur ne prennent un caractère dangereux que parce qu'on ne sait pas le vrai moyen de les combattre.

— Et le savez-vous? demanda M. Froger.

— Je ne me donne pas comme infaillible en fait de médecine; mais je crois que, si j'entreprenais de guérir Paul, je pourrais bien en venir à bout.

— Alors faites-le donc, ajouta le vieux professeur.

Et moi je dis en même temps :

— Oui, papa, viens avec nous à la fête d'Avesnes, et tâche de sauver M. Paul.

— Parbleu! dit-il, je serais bien aise de purger un peu le château de la faculté et de ses potions. Mes affaires ne souffriront pas pour quelques jours d'absence; si Paul n'est pas rétabli quand je serai forcé de repartir pour Paris, eh bien! je l'emmènerai avec moi, et le régime que je lui prescrirai déterminera sa guérison.

— Soit fait comme vous avez dit, répliqua M. Froger.

Et il s'en alla, en nous promettant de nous reprendre le surlendemain, afin de partir avec nous pour le château de la famille Ripère.

Si je vous disais que mon premier soin, en rentrant dans ma chambre, ne fut pas d'interroger la couverture de mon volume de Pope, vous ne me croiriez pas, je présume, tant vous savez quel empire la curiosité exerce sur nous et combien la mienne était légitime. Eh bien! mon ami, il faut cependant que je fasse une fois mon éloge; vous me le pardonnerez : je vous dis si franchement mes faiblesses et mes défauts! Non, telle ne fut pas ma première pensée; un sentiment meilleur se fit jour dans mon âme. Emile m'était cher; mais les jours de Paul m'étaient précieux aussi; je ne songeais qu'à peine à l'amant qui me donnait un souvenir, mais je pensais beaucoup à celui que je pouvais perdre. Aussi, laissant de côté ce volume, où j'étais bien sûre de trouver quelque nouvelle preuve de la tendresse de l'un, je m'agenouillai pieusement devant une sainte image, et je priai Dieu pour l'autre. Enfin, comme si un saint scrupule m'eût retenue, j'eus la force de résister au désir d'ouvrir le livre d'Emile, et je tins l'engagement que je m'étais fait à moi-même de ne pas profaner la pureté de ma prière pour Paul, en la mêlant à des idées d'amour pour son frère. C'était un grand sacrifice que je m'imposais là; mais il me semblait nécessaire pour que mon bon ange, qui recueillait mes vœux, consentît à les porter au ciel. De peur que des pensées mondaines ne vinssent ébranler ma sainte résolution, je m'empressai d'éteindre ma lumière. Il ne me fallait pas moins que la profonde obscurité où je me trouvais pour me rassurer contre les sollicitations impérieuses de ma curiosité. Le meilleur moyen pour s'épargner une faute, c'est de se mettre dans l'impuissance de la commettre; si c'est là le raisonnement de la faiblesse, c'est bien aussi celui de la prudence, et plus d'une force a failli, faute d'être prudente. Je me déshabillai à tâtons, et bientôt après je m'endormis, en me disant : « C'est bien, je ne me croyais pas autant de courage! » A vrai dire, il m'en avait fallu beaucoup.

Ma dernière pensée avait été pour Paul ; à mon réveil, je ne m'occupai plus que d'Emile. C'était à peine s'il faisait petit jour quand je rouvris les yeux, et aussitôt, d'une main impatiente, je fouillai la couverture du volume. Je crus un moment que ma recherche serait vaine, tant le billet que je pensais y trouver était bien caché; je l'ouvris avec précipitation. Il n'y avait qu'un nom : Paul! Mais quelque chose que je n'avais pas bien aperçu était tombé du papier. Je me levai à la hâte, et, en cherchant devant mon lit, je ramassai une petite tresse de cheveux qui n'étaient point ceux d'Emile.

« Ainsi, me dis-je, il m'oublie! mais c'est lui cependant qui m'envoie ce livre; veut-il par là me rappeler mon serment et me dire que j'y ai manqué, en laissant une boucle de mes cheveux à son frère? Cependant il m'avait permis de la lui donner. Ou plutôt, pensai-je, est-ce aussi avec le consentement d'Emile que Paul m'envoie une tresse des siens. » Je me perdais en conjectures, lorsque j'en vins à soupçonner Paul coupable de fraude et de substitution. « Il y avait, me dis-je, une lettre pour moi dans ce livre; il l'aura déchirée. Il y avait peut-être aussi des cheveux de son frère: il y a mis les siens. Oh! c'est bien mal! mais il faut lui pardonner, il est malade. » La tresse de Paul prit sa place dans une petite boîte à ouvrage.

Vous comprenez maintenant, mon ami, pourquoi, ce matin du 22 mai, j'avais oublié que mes seize ans devaient être accomplis à dix heures. Maman riait tout bas en s'informant de l'heure; je ne comprenais pas le sujet de sa gaîté innaccoutumée; mon père aussi avait l'air moins sérieux que d'habitude, et quand j'eus répondu avec un peu d'impatience: Il est dix heures! il répliqua :

— Alors ta montre va bien; et il me montra un joli bijou entouré de perles.

— Comment, ma montre? répondis-je; tu sais bien que je n'en ai pas.

— Et celle-là, me dit-il, crois-tu qu'elle ne soit pas d'assez bon goût pour le cou d'une grande demoiselle de seize ans? C'est mon cadeau pour ta fête de naissance. Ne te plaît-il pas, Marie?

Je m'arrêtai, toute surprise d'avoir pu atteindre mes seize ans sans m'en apercevoir, puis, voulant prouver à mes parens toute la joie qu'il m'était impossible de ressentir, je fis mille folies, je les embrassai tour à tour, et je me mis à rire comme si j'étais heureuse.

— Mais, paix donc! dit maman, tu fais un tapage à nous rendre sourds.

— Hem! fit mon père en hochant la tête, voilà bien du bruit; mais ce n'est pas là de la gaîté.

Il devinait juste, et je ne répondis rien; car, je vous l'ai dit, je ne voulais ni ne pouvais le tromper.

Le lendemain, M. Froger fut exact au rendez-vous, et nous partîmes tous les quatre pour le château d'A***, où j'allais enfin revoir ceux qui occupaient mon esprit depuis si long-temps.

Cette fois nous arrivâmes le soir; Emile, prévenu par une lettre de M. Froger, nous attendait à l'extrémité de l'avenue. Dès que je l'aperçus, je ne pensai plus qu'à chercher son frère. M. Froger prévint mes questions, en criant du plus loin et le plus fort qu'il put :

— Eh bien! comment cela va-t-il là-bas?

— Comme cela, assez mal, répondit Emile qui s'était approché de notre voiture et pouvait causer avec nous.

Les chevaux avaient changé d'allure, il n'allaient plus qu'au pas.

— Bah! continua le vieux professeur, Paul a donc fait quelque imprudence?

— Certainement, il s'est battu!

— Battu! répétâmes-nous tous en même temps.

— Eh oui! c'est une si mauvaise tête qu'il ferait blasphémer un saint.

— Battu! Mais est-il blessé?

— Ce n'est presque rien, j'ai voulu seulement lui donner une leçon.

— Avec vous! m'écriai-je alors en frissonnant.

— Ah! monsieur Emile, c'est bien mal! dit mon père.

— C'est affreux! reprit maman.

— C'est un crime! ajouta M. Froger.

— Mais non, je vous le répète, ce n'est qu'une toute petite leçon; et puis il fallait bien lui apprendre ce qu'il en coûte à violer le secret des lettres et à les voler ensuite, fût-ce même à son frère.

Vous concevez l'effet terrible que ces paroles durent produire sur moi. Sortis gaîment de Paris, nous étions dans les plus tristes dispositions d'esprit quand nous entrâmes au château.

QUINZIÈME SOUVENIR.

La Valse hongroise.

> Union toujours égale des instrumens et de la voix, voilà ce que nous nommons accord parfait.
> U. PERETTI.

Si j'avais osé me laisser conduire par mon cœur, lorsque je montais le grand escalier du château, c'est à la chambre de Paul que j'aurais couru tout d'abord; si j'avais suivi le conseil imprudent, sans doute, mais du moins généreux, que me donnait mon âme, j'aurais dit ingénument à mon père: « C'est au blessé, papa, qu'il faut faire notre première visite; je lui dois bien la mienne, car s'il souffre, c'est parce qu'il m'aime! s'il s'est battu, c'est qu'il ne veut pas que je sois aimée d'un autre! Ce n'est pas de la tendresse de sa mère, que M. Paul est jaloux. » Oui, mon ami, je fus près de dire cela, et bien d'autres raisons aussi folles, mais que je croyais bien sages, bien décisives pourtant: elles me semblaient si naturelles! Cependant je gardai le silence, et je suivis mes parens dans le salon de madame Ripère.

La soirée était fort avancée: aussi n'eus-je pas long-temps à subir les observations de la bonne dame sur les développemens de ma taille et ses complimens sur les progrès présumés de ma raison. Je pris peu de part à la conversation; les regards d'Emile me causaient une contrainte pénible; je ne pouvais lever les yeux sur lui, sans qu'une émotion de terreur ne les fît baisser aussitôt.

— Comment! me disais-je, ce jeune homme, que j'ai connu si bon, dont toutes les pensées étaient douces et le cœur si plein de joie, qu'il ne pouvait pas y avoir de place pour la colère, encore moins pour la haine, il a pu concevoir l'idée de se battre! Et avec qui? Avec un pauvre malade d'esprit, avec son premier ami, avec son frère! Lorsque Emile me tendit sa main droite pour me dire bonsoir, je me sentis trembler et pâlir au contact de cette main qui avait frappé. « Oh! le méchant! » pensai-je ; et bien que sa tendre pression me fît souvenir involontairement du passé, je crois que je n'y répondis pas.

Mon père ne voulut pas se coucher sans aller d'abord visiter le malade qu'il s'était engagé à rendre à la santé. J'étais au moins aussi impatiente que lui de voir Paul, et, comme je témoignais un empressement peut-être un peu trop vif, maman me fit observer que l'heure n'était pas convenable pour une visite de jeune personne ; bon gré mal gré, il fallut bien que je me contentasse du bonsoir qu'on me promettait de lui donner en mon nom. André, le valet de chambre du château, m'accompagna jusqu'à ma porte.

— Eh bien ! lui dis-je, ce bon M. Paul est bien malade?

— Ne me parlez pas de cela, mademoiselle, reprit-il d'un ton peiné.

Et il me quitta sans vouloir m'en dire davantage.

Le lendemain, je descendis de grand matin pour trouver quelqu'un à qui parler de Paul, mais les gens de service étaient occupés de divers côtés. Je me promenais donc seule et bien inquiète dans le parc, quand, au travers d'un bouquet d'aubépine, j'aperçus, comme si j'eusse été devant une glace, un chapeau de paille répéter le mien ; une légère robe de mousseline me parut être aussi le reflet de la mienne. Je m'approchai, la robe et le chapeau s'approchèrent ; ma main s'avança pour écarter les branches qui gênaient ma vue, une autre main en fit autant de son côté, et deux figures, qui ne se ressemblaient pas cette fois, avancèrent en même temps l'une vers l'autre.

— Pardon, mademoiselle ! dis-je à l'inconnue, c'est votre costume qui a excité ma curiosité.

— C'est aussi le vôtre, me répondit-elle, qui a attiré mon attention sur vous.

— On nous prendrait pour les deux sœurs, continuai-je en souriant.

— Ou pour deux pensionnaires de madame Férier, ajouta-t-elle.

— Mais c'est aussi chez madame Férier que j'étais en pension.

— Oh ! que je vous plains, ma chère petite ! me fit-elle d'un air dédaigneux ; quelle insupportable maison ! J'y suis entrée l'année dernière, et je n'ai pu y rester que six mois.

— Alors je ne m'étonne plus si nous ne nous connaissons pas, répliquai-je ; il y a plus d'un an que j'en suis sortie.

— Oh ! si fait, je vous connais moi, me dit-elle : vous êtes Marie ; moi, je m'appelle Henriette ; je suis la nièce de madame Ripère, et la sœur d'Adrien que vous avez vu ici aux vacances. Mon frère m'a souvent parlé de vous ; il m'a conté vos amours avec lui ; c'était bien drôle. Il ne faut pas se fier à son air bon enfant; c'est un terrible séducteur que mon frère... A propos, dites-moi donc sur quoi il est tombé ici ; savez-vous qu'il a manqué de perdre un œil? C'eût été dommage, lui qui tient à faire des conquêtes ; vous ignorez, sans doute, que vous êtes sa septième, et depuis sa liste s'est bien augmentée, car il en compte dix-neuf à présent.

— Il a raison de continuer, repris-je avec malice, si cela lui réussit toujours aussi bien.

Henriette me comprit.

— Là ! me dit-elle, j'en étais sûre ; ce pauvre Adrien se sera vanté encore une fois par dépit.

— Vanté de quoi ? demandai-je.

— De ce dont ils se vantent tous, ajouta-t-elle avec légèreté ; mon frère est un petit fat !

Et puis tournant la conversation, mais toujours en parlant avec volubilité, Henriette me dit qu'elle en voulait beaucoup à sa mère, qui l'obligeait à user son uniforme de la pension.

— Quand on a dix-sept ans, me dit-elle, et qu'on espère un mari de cent mille livres de rente, ne trouvez-vous pas qu'il est bien triste de se voir mise comme tout le monde? C'est bon pour celles qui n'ont pas autre chose ; mais les parens, cela n'a pas de goût ; pourvu qu'ils fassent des économies, ils sont contens. Dites-moi un peu si les miens ont besoin d'économiser. Et les vôtres? me demanda-t-elle.

— Oh ! nous, nous ne sommes pas aussi riches, repris-je, il s'en faut de beaucoup.

— Pauvre petite ! continua-t-elle, en me regardant d'un air de commisération qui me mit presque en colère ; vous ne savez donc pas ce que c'est que d'être bien mise ?

— Mais, si fait, on ne me refuse rien pour ma toilette.

— J'entends ; vous vous contentez de peu.

— Pourvu que je ne sois pas ridicule, je me trouve toujours assez bien.

J'appuyai fortement sur ces mots. Henriette n'était point une sotte, elle saisit ma pensée, mais sans laisser rien paraître ; et puis elle me dit encore :

— Deux pensionnaires qui se rencontrent dans le monde, c'est comme deux exilés qui se retrouvent loin de leur patrie. Nous sommes presque sœurs, je veux que nous le devenions tout à fait; si vos robes ne sont pas assez jolies, je vous prêterai les miennes, et, comme les gens de ma tante sont tous très maladroits, nous nous servirons mutellement de femme de chambre ? Hein ! le voulez-vous? Cela sera charmant.

— J'accepte tout, lui dis-je, excepté vos robes ; les miennes sont faites pour moi.

— Mais puisque nous sommes de la même taille.

— Oui, mais je crains que nous n'ayons pas les mêmes goûts.

— On m'en accorde un assez bon, objecta-t-elle d'un ton piqué.

— On ne trouve pas le mien mauvais non plus, dis-je à mon tour ; et puis, voyez-vous, je suis blonde, moi, je choisis des couleurs qui vont à mon teint, tandis que vous êtes brune... Oh ! mais c'est étonnant comme vous êtes brune !

Henriette rougit, et croisa du mieux qu'elle put son fichu de cou : je venais de toucher la corde sensible. Il n'était pas possible de lui parler de ses yeux, qui étaient admirablement beaux ; de ses dents, qui étaient d'une blancheur éclatante ; mais son teint, fortement prononcé, laissait un côté vulnérable à sa coquetterie. Je l'avais atteint sans y penser, je ne fus plus sensible ni à ses épigrammes ni à son impertinente pitié pour cette pauvre Marie, qui n'avait à son chapeau qu'un petit voile vert et qui, pour raison de fortune, était forcée de voyager en voiture publique ; l'esprit dédaigneux d'Henriette n'alarmait plus ma vanité, je savais où porter mes coups pour frapper douloureusement la sienne.

Notre conversation, tour à tour railleuse et franche, nous amena enfin à l'offre mutuelle de notre amitié.

— Voulez-vous que je te tutoie, Marie? me dit-elle en riant.

— Si vous le voulez, je ne te le refuse pas, dis-je de même.

Si bien que, lorsque nous entrâmes au salon, nous étions les meilleures amies du monde. Je n'avais pas pour cela oublié notre malade ; à quelques pas de la porte de madame Ripère, j'arrêtai Henriette, et je lui dis :

— Conte-moi donc un peu ce malheureux duel.

Mais, ainsi que l'avait fait André, ma nouvelle amie me répondit :

— Ne m'en parle pas.

Seulement, le valet de chambre avait un air de chagrin en me disant cela, tandis qu'Henriette le prenait sur un ton de gaîté qui me donna mauvaise opinion de son cœur.

Ainsi je ne pus encore rien savoir. Il était sévèrement défendu de parler de cet événement devant madame Ripère.

Cependant mon père avait déjà commencé à mettre à exécution le régime qu'il voulait faire suivre au malade. C'était par de rudes travaux, par de longues courses à cheval, par des parties de chasse, qu'il espérait lui rendre la santé ; médecin du moral, il savait que les exercices les plus violens sont le meilleur remède contre les peines profondes, et que l'on combat presque toujours victorieusement les fatigues de l'esprit par les fatigues du corps. Suivant lui enfin, il ne fallait rien de plus qu'une bonne courbature pour guérir d'une grande passion. Dès le matin, il avait emmené Paul à deux lieues du château, de façon que, lorsqu'on nous appela pour déjeûner, il n'était pas encore de retour.

Emile était à table entre Henriette et moi ; je sentis une fois son pied chercher le mien, mais je ne sais pourquoi cette marque de souvenir me fut plus pénible qu'agréable. Il parlait à tout le monde, mais il parlait plus long-temps à Henriette ; il avait bien pour moi les mêmes attentions qu'autrefois, mais ses petits soins étaient pour elle ; il y avait enfin, dans sa conduite auprès de nous deux, une nuance délicate que mon cœur saisissait à peine et qui l'affligeait cependant. Je sais bien que ma mère était là, qu'il fallait entre nous beaucoup de réserve ; je sais bien aussi que les yeux d'Emile, en se tournant vers moi, ne manquaient pas d'éloquence, et que j'y pouvais relire notre passé ; eh bien! malgré tous ces raisonnemens que je cherchais à me faire, une voix intérieure me disait que ce regard n'était qu'un éclair jeté à travers ma pensée, comme pour m'éblouir sur un pressentiment que je ne m'expliquais pas encore. Des chevaux lancés à toute bride entrèrent dans la cour du château.

— Les voilà ! fut le cri général.

Madame Ripère, qui commençait à s'inquiéter de la longue absence de son jeune malade, se leva précipitamment ; et Emile, ah ! il me parut en ce moment effacer presque tous ses torts, car il courut le premier au devant de son frère et rentra au salon en le tenant par le bras.

— Bonne nouvelle ! dit mon père, le moribond a faim ; encore une vingtaine de courses comme celle-là, et je réponds de lui.

Je n'ai pas besoin de vous dire si j'étais émue à l'aspect de ce pauvre jeune homme ; moi, qui ne peux pas encore, après un si long temps passé, me familiariser avec l'idée du duel des deux frères, qu'était-ce alors qu'une illusion que je ne tardai pas à perdre me faisait, à mes yeux, coupable de ce malheureux combat ? Etourdie que je suis ! je viens de vous parler d'illusion perdue : voilà que, sans le vouloir, je détruis le peu de dramatique que je pouvais me ménager dans ma narration ; j'oublie qu'à défaut d'intérêt puissant il me restait la ressource de l'inattendu. Que voulez-vous ? je ne vise point à l'effet, je ne cherche pas l'art dans mon récit ; je vous dis mes pensées, je vous confie naïvement mes souvenirs, et je ne m'écoute pas parler.

Paul me salua comme si nous ne nous étions quittés que de la veille ; il y avait pourtant dix-huit mois que j'étais repartie avec maman pour ma pension ! « Au fait, me dis-je, il s'était si bien préparé à me revoir ; malgré cela, je ne le savais pas si bien maître de lui-même. » Mon père l'encouragea, lui parla de sa guérison prochaine. Je m'attendais à un regard que j'aurais facilement compris ; Paul ne regarda que mon père, et c'était moi cependant qui lui apportais la santé ! Je me dis encore : « C'est prudence de sa part. » D'ailleurs, pouvais-je lui en vouloir ? Sa tresse de cheveux ne me prouvait-elle pas bien son souvenir ? Et puis il était si beau, pâle de fatigue et de souffrance ! Emile s'empressa de le servir, et l'accabla de questions sur sa course du matin ; il lui dit : « Demain nous en ferons une autre ensemble. » Il regardait le malade comme s'il eût attendu un pardon ; on lisait dans ses yeux qu'il y avait remords et chagrin ; enfin, au moment où nous nous y attendions le moins, comme la conversation était générale, Emile, cédant aux mouvemens de son cœur, ouvrit ses bras, se jeta au cou de son frère, et l'embrassant à dix fois, il lui dit :

— Tiens! tiens! voilà comme je t'en veux, voilà comme je suis méchant avec toi! J'ai eu tort et toi aussi; je suis le plus coupable, c'est vrai, mais tu sais bien pourquoi, que cela soit fini, et parle-moi, afin que maman n'ait plus de chagrin en nous voyant ensemble.

Cet aveu sincère de sa faute nous toucha jusqu'aux larmes. Je savais bien qu'Emile ne pouvait pas être méchant. Madame Ripère attira Paul vers elle, le combla de caresses; elle lui en devait tant sur la part de son frère! Le malade ne fit pas attendre le pardon si franchement demandé; et moi, qui regardais ces deux amis se tenant embrassés et joyeux de leur réconciliation, j'en étais à me demander: « Mais lequel des deux faut-il donc aimer davantage? » Ma conscience me répondit: « Le plus malheureux! »

Je me mis si bien cette idée dans la tête qu'à table je résistai aux pressions du pied d'Emile. A la promenade, j'allai seule avec M. Froger, faute de pouvoir donner le bras à Paul: mon père l'emmenait toujours, soit pour courir à cheval, soit pour chasser dans les bois des environs. Je faisais au pauvre jeune homme mille petits sacrifices qu'il ne soupçonnait pas, mais que j'espérais bien lui révéler un jour; ce qui me chagrinait un peu, c'est qu'Emile n'avait pas l'air de remarquer l'espèce d'indifférence que je lui témoignais, lorsque je lui croyais le droit de me demander compte de toutes mes pensées.

Vous vous rappelez ce saint engagement que nous prîmes et qui monta au ciel, au moment où les cloches de la paroisse d'Avesnes sonnaient à folles volées le baptême de notre petit filleul. Vous l'avez traité d'enfantillage, je parie; mais convenez au moins qu'il devait me paraître sacré, à moi qui étais si bien prédisposée à éprouver, même dans un fugitif amour de l'enfance, toutes les angoisses d'une passion.

Un jour vint pourtant où je pus me trouver seule avec Paul. Fatigué d'une longue course du matin, il était dans sa chambre; maman me permit de lui porter un cahier de dessins d'après lequel il voulait faire quelques copies pour se distraire. Je montai chez lui, bien heureuse de lui parler enfin.

— Marie, me dit-il, nous sommes seuls, n'est-ce pas? Eh bien! il faut que vous me répondiez avec franchise: depuis que vous êtes de retour au château, que fait Emile?

— Vous le savez bien; lorsqu'il ne va pas avec vous, comme cela arrive souvent, il se promène avec nous tous dans le parc.

— Et vous lui donnez le bras, Marie? me demanda-t-il avec une singulière expression de regard.

— Oh! je ne suis pas seule avec lui alors; il y a toujours Henriette qui nous accompagne, et le plus souvent je les laisse se promener tous les deux.

Je dis cela avec une intention bien marquée; je tenais tant à le rassurer.

— C'est bien, murmura-t-il.

Et puis, après un moment de silence, il reprit:

— On croit que je guérirai, Marie. On se trompe fort, mais je les laisse dire; qu'est-ce que cela me fait à moi de vivre ou de mourir?

— Par exemple! mais cela nous fait tout à nous autres; vous n'aimez donc pas votre mère?

Il soupira.

— Vous ne tenez pas à votre frère, qui s'est montré si repentant de ce duel?

— Eh bien! oui, Emile a été bon garçon avec moi, mais...

Et il soupira encore.

— Enfin, vos amis, et vous en avez qui vous aiment bien, monsieur Paul; est-ce que vous pouvez vouloir les quitter, si vous songiez un peu à ceux qui pensent si bien à vous?

— Est-ce qu'on pense à moi ? dit-il brusquement; et qui cela?

— Ah ! mon Dieu ! ne vous mettez pas en colère; je ne veux pas vous faire de peine.

— Non, je le sais bien, reprit-il avec plus de douceur, il n'y a personne de méchant, personne qui m'en veuille autour de moi ; c'est le sort qui m'en veut ; il faut bien que je prenne mon parti là-dessus. Emile sera toujours mon rival : il l'a été ici, au lycée, près de vous, partout enfin ; quand on l'a vu, on ne peut plus m'aimer, et c'est dommage, car j'aime bien, moi !

— On ne peut pas vous aimer, Paul ! oh ! peut-être, répondis-je.

Il me regarda d'un air étonné ; j'allais tout dire; mais, comme j'avais toujours l'oreille au guet, j'entendis distinctement le pas de ma mère dans le corridor. Je réprimai mon émotion, et partant d'un grand éclat de rire dont je ne savais pas encore le motif, mais que j'étais bien sûre de pouvoir interpréter quand cela deviendrait nécessaire, je me mis à feuilleter mon cahier de dessins en riant toujours pour donner le change sur l'agitation un peu trop prononcée de mon visage.

— Qu'est-ce donc ? demanda maman.

— C'est... M. Paul qui m'a fait des critiques vraiment trop drôles sur ce dessin.

Et je m'arrêtai au premier venu ; puis, le mettant effrontément sous les yeux de ma mère, j'ajoutai :

— N'est-ce pas que c'est bien la copie exacte de mon modèle?

— Est-ce que j'y connais quelque chose? reprit-elle. Au surplus, je vois que le régime du médecin profite ; nous en voilà déjà à plaisanter, dans peu vous rirez tout à fait, monsieur Paul, surtout si vous écoutez les folies de cette grande enfant-là.

Sortie heureusement de l'embarras que m'avait causé la venue de ma mère, je ne pensai plus qu'à rompre tout à fait avec Emile pour être libre de consoler ce pauvre Paul. Il m'en coûtait beaucoup de lui faire le sacrifice de mon premier amour ; mais je me disais : — L'autre n'en mourra pas, et lui, il en est déjà si malade !

Il me fallut deux grandes nuits de réflexions pour me préparer à cette rupture.

Je m'interrogeai bien ; je comparai bien dans mon esprit et dans mon cœur ces deux frères si dignes d'être aimés. La cause de Paul me parut la plus juste, parce qu'il souffrait, lui, et que son frère avait si bien su prendre notre séparation en patience qu'il ne s'en était pas encore plaint une seule fois. J'étais résolue ; il ne fallait plus que chercher un prétexte pour me dégager ; il m'était facile de le trouver dans les attentions d'Emile pour Henriette ; mais c'était employer un détour qui répugnait à la franchise de mon caractère. Je me décidai à lui ouvrir mon cœur sans garder par devers moi la moindre arrière-pensée.

Un matin, je rencontrai Emile sur la première marche de l'escalier, comme il descendait de notre long corridor. Après avoir long-temps hésité à l'aborder, je lui dis brusquement :

— Venez, monsieur Emile, venez donc entendre ma belle valse du *Hussard hongrois*. Vous ne la connaissez peut-être pas ; l'accompagnement en est délicieux.

Il me suivit dans ma chambre. Mon père jardinait avec Paul, Henriette était auprès de sa tante, et maman, maman que je croyais bien loin dans le parc, venait de rentrer chez elle ! Je m'aperçus assez tôt de son retour pour ne pas m'exposer à une surprise. Je fermai ma porte; Emile vint s'asseoir auprès du piano ; ses yeux se fixaient sur moi avec surprise ; il ne savait encore s'il devait se réjouir ou non de mon invitation si peu attendue, car ma voix mal assurée avait une expression étrange.

— Comme vous me parlez, Marie, et comme vous me regardez aussi ! Qu'avez-vous donc?

— Ecoutez !... repris-je.

Et, sans musique et sans pupitre, je donnai un si violent accord que les cordes vibrèrent à briser la table d'harmonie.

— Le début est violent, observa-t-il ; ce n'est pas une valse française ; c'est la ronde du sabbat que vous allez jouer : car il n'y a que les démons qui puissent sauter à pareille musique.

Il allait continuer sa railleuse critique.

— Emile, lui dis-je, vous ne m'aimez plus.

Un tonnerre de notes que j'éveillai sous mes doigts domina mes paroles et m'empêcha d'entendre sa réponse.

— Non, vous ne m'aimez plus, ou du moins vous ne devez plus m'aimer ; car, vous le voyez, je ne suis plus la même avec vous. Si vous ne me cherchez pas, moi je vous évite ; Emile, il faut prendre un parti décisif !

Et, comme je parlais ainsi, mes mains agiles, parcourant le clavier, improvisaient des phrases musicales dont le sens se perdait dans la confusion des gammes. Mes regards, qui ne le quittaient pas d'un instant, surprirent, avec une secrète inquiétude, l'expression du chagrin qui se peignait sur son visage.

— Marie, me dit-il, je ne vois que trop où vous voulez en venir.

— Si vous croyez, Emile, que je n'ai pas beaucoup combattu avant de me décider à me séparer de vous, oh ! vous vous trompez !

Et, pendant que je disais cela, ma valse satanique roulait des notes bizarres et couvrait mes paroles.

— Mais alors, pourquoi? demanda-t-il.

— Pourquoi ? répliquai-je ; parce que notre amour a fait un malheureux, et que, si je vous ai assez aimé pour vous préférer à lui, je l'aime trop aussi pour le sacrifier à vous. C'est un appel généreux que je fais à votre cœur fraternel. Un serment nous engage l'un à l'autre, me rendez-vous ma parole? Pourrai-je aller dire à Paul : « Ne souffrez plus, ne soyez plus si content de vous sentir mourir ; Emile vous prouve qu'il est bon frère, il renonce à son amour pour moi et me permet de vous donner le mien ? » Voyons, Emile, voulez-vous que je dise cela ?

Je l'interrogeais ainsi ; mais, toujours prudente, je ne quittais pas le piano, et les touches que je mettais en jeu soupiraient ou grondaient sans transition cherchée, sans repos marqué ; quand mes doigts s'engourdissaient, c'est ma main tout entière qui provoquait les notes.

— Ma parole ! ma parole ! répétais-je, me la rendez-vous ?

— Mais il faut que vous sachiez, Marie...

— Je ne veux rien savoir, sinon que vous me laissez libre, reprenais-je plus haut.

Et plus haut aussi l'instrument docile faisait tonner sa puissance d'harmonie. Il y eut un long combat entre nous ; enfin il ajouta :

— Vous avez donc tout à fait cessé de m'aimer ?

— Oui, tout à fait !

— Alors, soyez libre, Marie, mais gardez-moi du moins votre amitié.

J'étais debout, la tête fièrement tournée vers lui, les mains sur le piano, et ne regardant pas même le clavier que je faisais bruire si violemment. A ces mots : soyez libre ! ma tête se courba comme frappée d'un coup inattendu, mes mains restèrent un moment immobiles, il me sembla qu'une partie de mon existence s'en allait avec l'amour que j'avais perdu ; malgré mon insistance à provoquer notre rupture, je crus un moment que c'était lui, et non pas moi, qui l'avait sollicitée.

— Ainsi, tout est fini, repris-je sans m'apercevoir que ma voix pleurait toute seule et que les cordes restaient muettes.

Emile, que la présence d'esprit n'abandonnait pas, s'approcha du piano pour continuer la valse improvisée.

— Que signifie cette douleur, Marie? N'est-ce pas vous qui l'avez voulu ?

Et le clavecin chanta sous ses doigts.

— Sans doute, je suis folle! répondis-je en l'accompagnant.

— Cependant, je vous aime toujours, Marie !

— Eh bien! notre sacrifice n'en sera que plus beau !

— Vous me préférez donc encore à lui ?

— Non, c'est lui... c'est vous...

Ma pauvre tête se perdait, car je jouais à deux touches de lui, mais toujours à contre-mesure.

— Marie, il faut vous prononcer.

— Vous savez bien que c'est Paul que j'aime, dis-je d'une voix presque éteinte.

Nos mains se rapprochèrent, et l'octave redit nos frémissemens. Il y eut encore un moment de silence, durant lequel, lui, regrettant peut-être, moi, plus irrésolue que jamais, je crus qu'à notre désaccord musical allait succéder la plus douce réconciliation ; mais on marcha dans le corridor, on tourna la clé dans ma serrure ; je lui dis :

— C'est fini !

Il me répondit :

— Je ne m'y oppose plus !

Et comme mon père entrait, tous deux, maîtres de nos émotions, nous exécutions, avec un aplomb vraiment remarquable, des variations sur l'air favori de *Gentil hussard*.

SEIZIÈME SOUVENIR.

Un Sacrifice inutile.

> Silence! mon cœur, tu n'as pas le droit de souffrir tout haut.
>
> R. BRUCKER.

Il vous paraît bien bizarre, n'est-ce pas, ce cœur de jeune fille, qui tient tant à se donner, et qui veut toujours se reprendre? Vous ne concevez rien à ces maux réels qu'il se crée pour des peines imaginaires ; tout cela vous semble si peu raisonnable, que vous ne vous sentez pas le plus petit mouvement de pitié pour lui. Comme l'apôtre incrédule, il vous faudrait toucher sa blessure pour comprendre son mal; mais comment vous l'expliquerai-je, à présent qu'il ne m'en reste plus qu'un vague souvenir, lorsqu'au temps où j'en souffrais le plus, j'avais déjà tant de peine à me l'expliquer moi-même ?

J'avais donc fait à Paul le sacrifice de mon amour pour Emile, amour d'enfant, si vous le voulez, incomplet, sans but, oh! mais non pas sans désirs. Je guettais avec impatience le moment où je pourrais le rencontrer sans témoin et l'aborder par ces consolantes paroles : « C'est vous seul maintenant que je pourrai nommer toi ! Tout ce pouvoir sur mes pensées, dont vous étiez si jaloux, je viens pour vous l'accorder sans partage ; allons, ne souffrez plus, pauvre malade, car je vous aime ; souriez-moi, car je suis venue tout exprès pour vous le dire. »

C'est ainsi que j'arrangeais notre première rencontre, que je jouissais en espérance de sa surprise et de sa joie ; je savais bien que les paroles ne m'arriveraient pas claires et faciles comme je les combinais dans le silence de ma petite chambre, mais j'étais bien sûre au moins qu'il saurait leur donner le sens que mon embarras pourrait rendre trop obscur : aussi combien je fus contente, lorsqu'un jour on me dit :

— Nous allons tous à la ferme des Aulnes, pour voir le petit filleul.

— Et nous allons à pied ? demandai-je.

— A pied, répondit mon père ; Paul a encore besoin de se fatiguer un peu. Comme tu es bonne marcheuse, c'est toi, Marie, qui lui donneras le bras

Nous partîmes sous la conduite de M. Froger et de mon père ; ma mère et celle d'Emile étaient en voiture : quant à Henriette, elle était déjà loin dans la campagne avec Emile, lorsque nous nous mîmes en route.

— Mon frère ne vient donc pas ? demanda Paul.

Je lui pressai doucement le bras, et lui dis à l'oreille :

— Ils sont devant ; tant mieux, nous pourrons causer.

Paul soupira.

— Bon ! continuai-je tout bas, soupire, soupire bien pour la dernière fois ; tout à l'heure, quand la liberté du voyage me permettra de te parler, le bel arc de tes sourcils se déplissera, tes yeux mornes auront des étincelles de joie, ta jolie bouche ne s'ouvrira plus que pour me dire des paroles de bonheur. Mon père est un habile médecin, sans doute, mais c'est parce qu'il t'a amené sa fille, et non pas par ce qu'il te prescrit. Les soupirs de Paul me rendaient presque rieuse ; je ne comprends l'espèce de plaisir qu'on éprouve à voir le malheur des autres que lorsqu'on se sent la puissance et la volonté de le faire cesser : c'est bien encore de la vanité, mais celle-là est généreuse.

Nous étions en pleine campagne ; l'espace était sans écho, si bien que nous ne pouvions entendre ce que se disaient mon père et M. Froger, qui marchaient à dix pas de nous. Je les appelai à deux ou trois fois, sous prétexte de leur montrer un brin d'herbe, de leur faire remarquer un nuage qui se dessinait singulièrement au ciel ; et, comme ils ne répondirent pas à mes appels, je jugeai qu'il m'était possible de parler à Paul sans courir le risque d'être entendue en même temps par mon père.

— Paul, dis-je à mon triste cavalier, qui marchait silencieux à côté de moi, j'ai, je crois, une grande nouvelle à vous apprendre ; mais, avant, il faut que vous me disiez bien franchement la cause de votre mal ; je l'ai presque devinée, mais je veux la savoir de votre bouche même, j'ai besoin de cela pour être plus hardie à vous parler. Voyons, quittez cet air affligé et répondez-moi.

— Que voulez-vous que je vous dise ? Je suis si singulier, si peu causeur, qu'il faut, vous le savez bien, qu'on m'arrache les paroles ; je ne suis pas confiant, moi, ou du moins c'est là le reproche que tout le monde me fait ; et, je vous jure, c'est involontairement.

— Oui, c'est que l'on vous inspire généralement peu de confiance ; mais ne vous est-il pas possible d'en éprouver pour quelqu'un ? Pour moi, par exemple, ajoutai-je en souriant.

— Si fait, peut-être, mais vous riez toujours, vous ; on veut vous parler, et puis voilà que votre maudite habitude de plaisanter de tout fait qu'on ne sait plus que dire et que l'on prend le parti de se taire ; moi surtout qui ne veux pas qu'on me trouve ridicule ! non, je ne le veux pas !

— Joli début ! pensai-je, quand j'ai tant fait pour en arriver là ; enfin, c'est son caractère, il faudra bien m'y soumettre, puisque je me suis décidée à l'aimer !

Je repris tout haut :

— Non, Paul, vous n'êtes pas ridicule, mais vous êtes méchant !

— Méchant ! et avec qui ? me demanda-t-il, comme s'il eût oublié le ton brusque qu'il avait pris en me disant ses dernières paroles.

Je le regardai fixement.

— Méchant avec moi, monsieur, avec moi qui croyais déjà soulager votre cœur, rien qu'en l'interrogeant. Est-ce que vous ne sentez pas qu'il est bon de parler de son chagrin à quelqu'un qui sait le comprendre et qui pourrait peut-être l'adoucir?

— Et comment cela ? objecta-t-il.

J'avoue que je restai un peu interdite de sa réponse; mais je compris qu'ignorant encore ma rupture avec Emile, il ne pouvait pas me croire capable de le préférer à présent à son frère quand je l'avais dédaigné si long-temps. Je m'amusai un moment de son air chagrin, et quand je l'eus bien tourmenté par ces mots: « Vous avez raison, il n'y a pas moyen, il faut prendre votre parti ; » la bonté de mon naturel l'emportant sur ma malice, je me penchai plus familièrement à son bras, et je lui dis :

— Un peu de courage, beaucoup d'espoir, et fiez-vous à moi. On peut bien s'engager avec Emile, mais il faut tôt ou tard qu'on ait pitié de vous, mon pauvre Paul; ce que je vous prédis arrivera.

— En êtes-vous bien sûre? répliqua-t-il en me regardant avec surprise; mais là, franchement, le croyez-vous? Je vous aimerais tant, Marie, si vous pouviez me l'assurer! Mais, continua-t-il en reprenant un ton pénible, c'est encore une raillerie.

— Incrédule! quand c'est moi qui vous le dis, moi! entendez-vous bien ! moi et pas une autre !

— Eh bien! oui, vous pouvez le croire; mais qui vous le prouve à vous?

La question me parut presque impertinente, car le moment était mal choisi pour douter de moi. Cependant je fis taire mon amour-propre offensé ; je réfléchis que, s'il me parlait ainsi, cela pouvait bien ne pas être par défiance; il était si peu familiarisé avec l'idée que je l'aimerai jamais. Il était si malade d'esprit, qu'il pouvait bien aussi ne pas me comprendre encore! Je lui trouvai mille excuses : je m'habituais à l'aimer. Trop peu aidée dans cet entretien, je résolus de faire encore un pas.

— Paul, continuai-je, vous devriez deviner, quand je vous demande votre confiance, que je n'en suis pas encore à connaître la cause de vos tourmens, et que si je vous interroge, c'est moins pour apprendre quelque chose de vous que pour vous consoler tout à fait. Vraiment vous me mettez au supplice avec vos doutes continuels, et je ne sais plus comment m'expliquer avec vous; on veut bien vous aimer, est-ce clair cela?

— Elle vous l'a dit! s'écria-t-il.

— Elle me...

Mes lèvres murmurèrent à peine ces mots. Je ne savais pas si j'avais bien entendu; je ne savais plus où j'étais: je ne voyais plus devant moi; la terre et le ciel, tout cela tournoyait ensemble; j'étais frappée d'éblouissement, et je me sentais trembler. Paul ne s'aperçut de rien ; il continua:

— Ah! elle vous a dit qu'elle m'aimerait! et quand cela? Hier peut-être; mais alors pourquoi donc est-ce vous et non pas elle qui me donnez le bras aujourd'hui? Pourquoi est-elle partie devant avec Emile? Pourquoi tout cela? Elle sait bien que je suis jaloux, et que, si je me suis battu avec mon frère, c'est qu'il a découvert que j'avais saisi une de ses lettres dans ce volume de Pope que vous connaissez bien, et que j'ai remplacé son billet par une boucle de mes cheveux. Comment, elle vous l'a dit? Ah! contez-moi cela, Marie; il faut bien que cela soit vrai, puisque vous me le dites ; mais il faut que vous me le redisiez pour que j'y croie.

Il parla long-temps, mais eût-il parlé plus long-temps encore, l'émotion terrible qu'il me causa m'aurait ôté la possibilité de lui répondre. Comprenez-vous ce que c'est que de former le plus doux espoir et d'entendre un mot qui vient tout détruire? Vous imaginez-vous aussi ce qu'il y a de désillusion dans ce mot, quand pour l'obtenir on s'est brisé volontairement le cœur? Car j'avais beau interpréter en faveur de Paul ma résolution auprès d'Emile, ce n'est pas Paul que j'aimais vraiment; mais il avait souffert pour moi, mais il s'était battu pour moi; mais après dix mois de séparation, mon souvenir lui était resté si doux et si puissant qu'il avait été jusqu'à l'imprudence, jusqu'à manquer de me compromettre enfin. Une jeune fille tient compte de tout: et de la peine qu'on éprouve pour elle, et même des craintes qu'on lui fait éprouver. Je me voyais généreuse avec lui; je croyais qu'il allait me devoir de la reconnaissance, et puis rien! Ses tourmens étaient pour Henriette! c'est pour Henriette qu'il s'était battu! c'est à Henriette qu'il envoyait ses cheveux et son nom! à moi, pas une pensée; il ne se rappelait pas même que je l'avais rendu malheureux! Oh! j'étais folle en ce moment. Si mon père n'eût pas été aussi près de moi, j'aurais certainement pleuré de douleur, d'humiliation, de tous les chagrins qui troublaient mon esprit et s'amassaient en grosses larmes sur mon cœur; mais je pensai à ceux qui pouvaient me surprendre, et je ne pleurai pas. Quant à ce que je répondis à Paul, je n'en sais rien; mais c'était bien étrange, bien peu en rapport surtout avec ma situation, car il s'arrêta dans sa joie, et, reprenant sa figure fâchée, il me serra le bras comme avec colère, puis gronda entre ses dents:

— Quand je vous le disais, Marie, que vous ne vouliez que rire de moi; vous voilà bien contente à présent, n'est-ce pas, cruelle?

J'avais ri! Ma gaîté qui l'indignait si fort fut bientôt apaisée; peu à peu le calme reparut sur mon visage. Honteuse de la démarche que j'avais été sur le point de faire auprès de Paul, je m'efforçai de revenir à mon rôle de confidente, mais avec plus de réserve dans mes paroles. Il crut que je me repentais, que j'avais pitié de lui; non, j'avais peur de moi et je n'osais plus lire dans mon avenir que je voyais déshérité d'amour. Pauvres insensés que nous sommes! A seize ans, nous croyons avoir fatigué le destin; au moindre orage, nous courbons la tête pour mourir; nous nous disons avec une résignation d'enfant : Plus d'espoir, tout est fini! Et à trente ans nous espérons encore. Comme le moyen que j'avais pris pour déguiser mon émotion n'avait pas manqué que de rendre Paul encore moins communicatif, lui qui l'était déjà si peu! il me laissa le temps de me remettre; je hâtai le pas pour chercher dans la violence de la marche les forces qui avaient failli me manquer, et quand l'air que je respirai à larges bouffées m'eut enfin rafraîchi le sang et causé une certaine ivresse, je repris la parole. Autant j'avais mis de franchise dans le début de cette scène, autant je mis de fausseté dans la suite, car intérieurement je plaignais Paul de son amour pour Henriette; mais, par dépit et pour calmer ma douleur, je l'encourageai à l'aimer. Ne sachant plus comment expliquer l'espoir que je lui avais donné d'abord, je mentis, et je continuai à le laisser espérer. Je fis plus; excité par mes encouragemens, Paul me demanda naïvement mon intervention auprès d'Henriette; je la lui promis, et même je formai la résolution de tenir ma promesse.

Il n'est pas besoin de vous dire tout ce que me fournit de tristes réflexions sur le passé mon arrivée à la ferme des Aulnes. C'était de là que j'avais vu Emile si heureux de se donner à moi pour l'avenir; c'était là encore que ma coquetterie avait été si flattée de la jalousie de Paul; il était toujours jaloux de son frère, mais ce n'était plus moi qui causais son tourment; Emile était encore heureux, mais ce n'était plus parce que je l'accompagnais à la ferme. Henriette! oh! que je la détestais! oh! qu'elle me parut brune ce jour-là! Elle avait beau tenir sa collerette bien attachée, en dépit de ses soins, mes yeux intelligens découvraient ce qu'elle tenait tant à dissimuler.

Je m'étais engagée à devenir l'avocat de Paul auprès de la fière Henriette; c'était une tâche pénible pour moi, car ne croyez pas qu'en la détachant d'Emile, je pensais pouvoir me rapprocher de lui; non, ce calcul n'entrait pas dans mon esprit; mais je me disais: « Pourquoi ne serait-elle pas généreuse aussi? Je l'étais bien moi, moi! »

Au retour, je pris le bras de ma rivale; et, durant la longue course que nous fîmes à pied, je ne lui parlai que de Paul. Elle me vantait les belles qualités d'Emile et, bien que mon cœur fût de son avis, je trouvais le le moyen de l'attendrir en faveur du pauvre malade. Elle m'écoutait avec plaisir; elle hésitait, je la pressai, et, pour mieux lui faire comprendre tout ce que la jalousie a de cruel, je n'eus besoin que de m'interroger moi-même.

— Vraiment, me dit Henriette, il m'aime autant que cela?

— Enfin que lui répondrai-je?

— Que je suis trop jeune, reprit-elle après un moment de réflexion; et d'ailleurs je ne sais pas pourquoi tu me parles de mon cousin Paul et de son frère Emile; ils n'ont pas besoin d'être jaloux à cause de moi, car je n'aime ni l'un ni l'autre.

DIX-SEPTIÈME SOUVENIR.

Toute la Lie.

> Et puis je n'entendis plus rien... Oh! c'était un affreux silence!
>
> E. DE VAULABELLE.

Ni l'un, ni l'autre! avait-elle dit. Ainsi Paul était donc bien coupable envers son frère, et cette rupture qui m'avait tant coûté, un autre que moi en avait donc souffert aussi! Bon Emile, pensai-je, mon cœur avait bien choisi en te préférant, car le plus digne d'être aimé, c'est celui qui sait le mieux veiller à notre repos par son indifférence affectée; le plus à plaindre, c'est celui qui sait le mieux cacher sa douleur, et je mesurai la sienne d'après celle que je ressentais moi-même. Ainsi, peu à peu, je revenais à lui. Paul ne me parut plus qu'une dupe volontaire, et je me repentis de mon sacrifice. Pourtant il fallait lui rendre compte de ma conversation avec Henriette.

— Tâchez de vous faire aimer, lui dis-je, et d'être un peu plus raisonnable en fait de jalousie. Emile et Henriette ne s'aiment pas, elle me l'a dit.

— Vous le croyez? me demanda-t-il.

— Pourquoi non? Votre frère est assez aimable pour qu'on ne craigne pas d'avouer ce qu'on éprouve pour lui. D'ailleurs, entre jeunes filles, est-ce que cela ne se dit pas?

— Vous êtes facile à tromper, Marie!

— Au moins, je ne suis pas ingénieuse à me tourmenter.

— C'est que vous n'aimez pas encore.

— Pas encore, monsieur Paul! repris-je comme s'il m'eût dit un mot offensant.

— Je vous attends à deux ans d'ici.

— Mais j'ai seize ans passés.

— Eh bien! je ne me dédis pas, à dix-huit ans, vous verrez...

Il me quitta. Je restai rêveuse. — Est-ce que ce ne serait pas là ce qu'on appelle aimer? me demandai-je en écoutant battre mon cœur; si Paul avait raison! Mais qu'est-ce donc alors? — Quelque temps se passa, et mon père, qui ne voyait pas encore poindre cette guérison qu'il s'était promise, parlait d'emmener Paul à Paris, de le jeter dans le tumulte du monde, de lui faire enfin une existence si active, que le travail achèverait de vaincre sa sombre humeur.

Henriette, depuis notre dernier entretien, était devenue plus communicative avec moi. Emile lui offrait moins souvent le bras et me demandait le mien : il ne me parlait pas le premier de notre ancienne liaison, mais, quand je ramenais la conversation sur ce sujet, il ne cherchait pas à l'éloigner non plus. Ses petits soins pour moi étaient revenus comme autrefois, et s'il n'était pas encore tout à fait tendre, du moins il se montrait empressé à me plaire.

— Vous voyez bien, répétai-je à Paul en lui faisant remarquer mille petites assiduités que son frère négligeait et qui auraient trahi son amour pour Henriette ; vous voyez bien qu'ils ne s'aiment pas.

Paul haussait les épaules et répondait avec son calme :

— Vous ne comprenez pas tout cela, Marie ; attendez, pour y voir mieux, que vous soyez jalouse de quelqu'un. Cela viendra, ou vous n'aimerez jamais ; mais oui, cela viendra.

S'il m'était resté quelque doute sur l'injustice des soupçons que Paul avait conçus, comment n'aurais-je pas été tout à fait rassurée, quand, l'avant-veille de mon départ, Emile, profitant du hasard qui nous laissait seuls tous deux au salon, s'approcha de moi, et, me prenant la main, me dit :

— Lorsqu'il y a dix-huit mois vous quittâtes le château, vous êtes venue, Marie, me demander avec confiance si je vous permettrais d'accorder une boucle de vos cheveux à mon frère. Quoi qu'il m'en coutât, je n'ai pas dû m'y opposer ; aujourd'hui que vous partez encore, j'ai un don à vous demander : ce qui me rendait froid et circonspect avec vous depuis votre retour, ce n'était pas que vous me fussiez moins chère ; mais c'est que j'étais honteux de ma faute, car je suis bien coupable.

— Vous, monsieur Emile ?

— Oui ; M. Froger, n'est-ce pas, vous a remis ce volume de Pope qui nous était si précieux autrefois ?

— Sans doute ; eh bien ! après ? demandai-je tout émue.

— Vous a-t-il dit que c'était en mon nom qu'il vous l'apportait ?

— Oui, en votre nom.

— Et vous pensiez y trouver une lettre de moi, n'est-ce pas ?

— Mais je n'ai pas dit...

— J'en suis sûr, Marie, vous deviez le penser, ou j'avais bien peu de puissance sur votre souvenir.

— Cependant, continuai-je en rassurant ma voix, vous ne pouviez pas plus compter sur mon souvenir que je ne comptais sur le vôtre.

— Je ne sais, Marie, comment mon amour aurait pu être pour vous l'objet d'un doute. Je n'étais pas venu, au moment de nous séparer pour long-temps, vous demander cruellement votre aveu afin de donner à une autre ce qui devait n'appartenir qu'à vous seule ; je n'avais pas cela à me reprocher, et voilà ce que vous avez fait, et vous m'avez rendu bien malheureux !

— Pourtant, j'y avais mis tant de franchise.

— Mais on peut être cruelle avec franchise aussi, et vous l'étiez alors.

— En ce cas, il fallait me le dire.

— Non, c'était inutile, puisque vous ne le sentiez pas. Et puis moi aussi je suis sournois, vous le voyez, car voilà dix-huit mois que cela est passé, et c'est depuis quinze jours seulement que je me suis vengé de Paul.

— Oui, vengé par un duel ; vous ne devriez pas le rappeler, et vous avez raison de me demander pardon de cela.

— Oh ! ce n'est pas là ce que j'ai fait, reprit Emile ; le don que vous lui aviez laissé en partant valait assez pour qu'il vous en fît un autre : celui-là cependant, il ne vous le destinait pas. Incapable qu'il est, mon pauvre frère, de concevoir une idée, il faut bien alors qu'il dérobe celles des autres; et ce livre où nous placions nos billets si tendres, si naïfs, vous vous le rappelez, Marie? ajouta-t-il en me regardant comme il me regardait autrefois.

Mon pauvre cœur était bien tourmenté. Emile me tendait la main, j'avançai la mienne et je répondis faiblement :

— Oui, je me le rappelle.

— Eh bien! ce livre, il osa le profaner jusqu'à en faire le dépositaire des secrets de son amour pour une autre.

— Comment! m'écriai-je, ce n'est donc pas vous qui m'avez envoyé?...

— Quoi! que vous a-t-on dit? On me calomnie, on la calomnie aussi, répondit-il impétueusement.

Emile était si beau! il avait un regard si fier en se défendant, sa voix était si vraie, que je ne lui demandai pas d'autre justification. D'ailleurs, que pouvais-je faire pour ne pas me laisser persuader? Il n'avait jamais menti, lui! et pour la première fois qu'il me parlait de notre amour passé, il n'essayait pas de me convaincre de sa constance; au contraire, il s'avouait coupable d'une faute et réclamait un pardon quand je ne savais pas que j'en avais un à lui accorder.

— Voyons, dis-je, ce livre! ce livre! expliquez-vous.

— Paul l'envoyait avec une tresse de ses cheveux à une autre personne qu'il n'oserait pas vous nommer, sans doute, à présent qu'il sait que vous l'aimez.

Il me regarda et reprit :

— C'est alors qu'encore peiné de votre demande...

— Après dix-huit mois, Emile? lui dis-je d'un ton de doux reproche.

— Après dix-huit mois, la blessure que vous m'aviez faite saignait encore là, continua-t-il en attirant ma main sur son cœur.

Oh! comme le mien battait vite en ce moment! Il ajouta :

— Oui, encore peiné de votre demande, indigné du procédé de mon frère envers vous, voulant vous venger et vous faire sentir en même temps vos torts avec moi, je surpris son projet, et ce volume, qu'il croyait en d'autres mains, je vous l'envoyai. Voilà ma faute; c'était bien perfide, je le sais.

— Vous vouliez donc me faire aimer votre frère?

— Oui, pour vous punir, Marie; je n'ai que trop bien réussi, je crois, car vous ne savez pas déguiser vos pensées. Vous l'aimez; vous me l'avez dit, et assez cruellement encore!

Vous le voyez, Emile me demandait pardon en m'accusant toujours; je ne pouvais pas lui en vouloir : j'avais été la première coupable autrefois, et, quelques jours auparavant, c'était encore moi qui l'avais forcé de rompre notre engagement mutuel; je pensais à tout cela pendant qu'il me parlait, si bien que lorsqu'il me répéta pour la dernière fois : « Me pardonnez-vous de vous avoir envoyé ce livre? » je n'eus pas la force de lui répondre : « Non! » Mais pourquoi se repentait-il si tard!

La prudence me disait de quitter le salon; je me levai pour sortir; Emile me retint.

— A présent, me dit-il, que mon frère est pour vous ce que j'étais il y a bientôt deux ans, croyez-vous qu'il se montrerait moins généreux, si vous alliez lui faire pour moi la prière que vous m'adressiez alors en son nom?

Je ne savais que lui répondre; si je n'avais rien à demander à Paul, il me fallait au moins le temps de me consulter. Emile continua :

— Pensez-vous, Marie, que je n'ai pas aussi bien que lui mérité un don de votre amitié? Je respecte trop vos nouvelles affections pour vous demander quelque chose à un autre titre que celui-là.

Comme il s'abusait! Mais je ne pouvais pas lui dire : « Non, Paul ne m'aime pas! et je reviens à vous parce qu'il n'a pas voulu de mon amour.»

— Voyons, dit-il encore, si je ne suis plus votre Emile d'autrefois, je suis toujours votre ami, n'est-ce pas?

Un signe de tête bien léger que je cherchais à rendre presque insensible fut toute ma réponse.

— Ainsi, s'écria-t-il avec joie, vous ne rejetez pas ma prière; demain, bien sûr demain, vous ferez pour moi ce que je vous permettais de faire pour lui; et moi aussi, j'aurai une boucle de vos cheveux?

— Oui, mais comment vous la donner? Sais-je si demain je pourrais vous rencontrer un moment comme aujourd'hui? Si quelqu'un le voyait, pensez-vous à ce que dirait mon père?

— J'ai pensé à tout, me répliqua Emile, il ne faut pas que l'on s'en aperçoive; c'est de bonne heure qui je l'irai chercher, cette précieuse boucle.

— Où cela, Emile?

— Dans votre chambre, Marie.

— Dans ma chambre!

— Oui, mais quand vous n'y serez pas; je sais où se place la clé; je guetterai l'instant où tout le monde sera dans le jardin, où vous serez loin vous-même; vous ne reviendrez que lorsque vous m'aurez vu descendre dans le parc et mon regard vous dira: —Je l'ai trouvée!

— Mais s'il y avait un autre moyen cependant?

— Que craignez-vous, puisque je choisirai le moment de votre absence pour entrer chez vous? puisque je n'irai que lorsque votre coup d'œil que je comprendrai facilement m'aura dit: — Tu peux monter!

— Mais écoutez, Emile, ne pourrions-nous pas convenir, au contraire, d'une cachette, comme autrefois, dans un livre?

— Non, plus de livre; c'est ainsi que vous avez donné de vos cheveux à Paul.

Je lui sus gré de cette délicatesse.

— Mais, objectai-je encore, si l'on vous surprend?

— Eh bien! qu'y a-t-il d'étonnant que je vienne chercher la musique qui est à moi sur votre piano, puisque vous n'y serez pas, je vous le répète, puisque pendant ce temps-là vous aurez le soin de ne quitter ni votre mère, ni la mienne?

Je cherchais vainement à combattre son projet, il baisait mes mains en signe de prière. On venait, il suppliait encore; vaincue à la fin, je lui dis:

— Eh bien! oui, demain... chez moi... une boucle pour vous dans le piano.

— Dans le piano, répéta-t-il, et la clé au petit clou du corridor?

— C'est convenu!

Emile fut d'une gaîté charmante pendant le reste de la soirée; Henriette la dédaigneuse me parut aimable; je ne vis plus tant de mauvaise humeur sur le visage de Paul, mon père prétendait que c'était la perspective du voyage de Paris qui éclaircissait son front; moi, qui regardais à la dérobée le manége de la belle cousine, je savais bien à quoi attribuer l'expression de joie qui se peignait parfois sur le visage du malade. «Allons, me disais-je, elle se sera ravisée.» M. Froger félicitait mon père des bienfaits de son régime, et la mère de Paul, d'accord avec maman, en remerciait dévotement le ciel.

J'étais contente de les voir tous heureux et de savoir que ce bonheur ne coûtait rien à Emile, dont l'amour, un peu trop discret, n'avait pas cessé de m'appartenir. Oh! comme je m'endormis ce soir-là avec de riantes pensées!

Mon premier soin, en m'éveillant, fut de bien ranger ma chambre; pas un pli à mon lit, des rideaux mystérieusement fermés, un demi-jour pratiqué avec les persiennes entr'ouvertes, toutes les chaises à leur place, tous les meubles bien clairs et la cheminée époussetée avec attention. Je fis tout cela sans bruit, comme si l'on avait pu soupçonner pourquoi je prenais tant de peine, et je fis tout cela avec une secrète terreur, comme si j'avais dû rester là pour recevoir Emile. Quand mes préparatifs de ménage furent achevés, je me plaçai devant le miroir de ma petite toilette, et là je m'apprêtai à faire le nouveau sacrifice d'une boucle de mes cheveux. Vous ne soupçonnez pas tout ce qu'il y a d'étranges pensées dans l'âme d'une jeune fille lorsqu'elle abandonne ainsi quelques parcelles d'elle-même, faute de ne pouvoir se donner tout entière. Ses cheveux! sa flottante parure! ce trésor le plus précieux de sa beauté, que l'on a divinisé au ciel et qui inspire tant d'idées de pudeur et d'amour qu'il ne peut recevoir que les baisers d'un époux, d'un enfant ou d'une mère! Si vous me dites : « Cette jeune femme aime bien son amant, car elle lui a donné son portrait,» je vous demanderai : «Lui eût-elle donné de ses cheveux?» — Enfin la seconde boucle tomba sous les ciseaux; ma main, qui avait été si ferme, si calme à quatorze ans, trembla à seize; je n'avais vu alors qu'un don sans importance; je compris en ce moment, au trouble qui s'emparait de moi, combien j'avais été légère en me rendant aux prières de Paul; mais ce que je faisais pour Emile, je ne le regrettais pas: il avait été si confiant, si bon, vous le dirai-je, si amoureux la veille! Je glissai sous le piano le papier qui renfermait ma boucle de cheveux, et je descendis au salon.

Emile m'attendait; long-temps j'hésitai à lui accorder ce coup d'œil qu'il guettait d'un air suppliant; enfin, comme on parlait de se rendre dans le parc, mon regard l'avertit qu'il pouvait monter chez moi.

— Venez-vous? dit Henriette à Emile.

— Non, reprit-il, j'ai affaire ici.

Elle ne parut pas fâchée, loin de là; et, contre son habitude même, elle s'empara du bras de Paul. Il y avait une demi-heure environ que nous cheminions dans les grandes allées du parc, quand je vis Paul arriver à moi. Il était pâle, ses lèvres tremblaient, et Henriette ne l'accompagnait pas. En ce moment, nos parens étaient assez éloignés pour qu'il nous fût possible de nous parler.

— Eh! mon Dieu, dis-je à Paul, qu'avez-vous donc encore? Vous seriez-vous trouvé mal?

— Non, me répondit-il, non, je suis content, au contraire.

Ses dents claquaient en me parlant.

— Content! répétai-je, on ne le soupçonnerait guère à voir votre agitation et votre pâleur.

— Oui, content, parce qu'à présent je ne doute plus, je suis sûr... Ah! Henriette, ah! Emile!

— Vraiment, mon pauvre Paul, vous perdez la tête; Henriette était avec vous il n'y a qu'un instant.

— Oui, mais elle m'a quitté; tout cela est un jeu, une convention infernale.

— Si je voulais, je vous prouverais encore que votre jalousie est en défaut; car, si j'ignore où est Henriette, il me sera peut-être moins difficile de vous dire où est votre frère.

— Chez vous, n'est-ce pas? reprit-il avec une fureur concentrée; eh bien! ils y sont tous les deux!

— Tous les deux! Oh! non, c'est impossible. Vous ne les avez pas vus, c'est la jalousie qui vous aveugle encore, vous croyez les voir partout ensemble, et moi, je sais bien qu'ils ne se cherchent pas.

— Oui, c'est cela; eh bien! venez voir vous-même comme ils se fuient!... venez!

Je ne savais que penser; mais, malgré moi, je frissonnais de crainte. Paul avait l'air si sûr de ce qu'il disait! Mais comment pouvais-je le croire, après mon entretien de la veille avec Emile? Le jaloux me répétait : « Mais venez donc, venez! » Et, sans le vouloir, je me laissais entraîner vers le château. Pourtant, arrivée au bas de l'escalier, je m'arrêtai, et lui dis :

— Non! je ne vous crois pas, et je ne veux pas y aller.

— Au fait, reprit-il, vous n'avez pas besoin de savoir cela vous, Marie; moi, je n'en sais que trop!

Puis il s'éloigna. J'étais là, inquiète, sans projet déterminé, repoussant avec indignation la pensée d'une ruse si coupable de la part d'Emile. Je croyais retourner dans le parc, et peu à peu, toujours sans idée fixe, je montais les degrés de l'escalier; chaque seconde me rapprochait du corridor, et quoique je cherchasse à vaincre ma curiosité, à me distraire de mes doutes, j'arrivai cependant, sans m'en apercevoir, près de la porte de ma chambre.

Il faut que vous aidiez bien à mes paroles, car vraiment je ne sais plus comment vous rendre mes émotions; moi, jeune fille, non plus innocente, peut-être, mais chaste du moins dans ma plus secrète pensée; moi, qui ne voyais dans l'amour que le bonheur d'en parler, et puis rien que cela; moi, qui croyais que tout était là, au cœur; car je pensais que cette douce agitation, dont je me sentais parfois subitement saisie, n'était autre chose qu'une de ces joies que nous donnent les anges, qu'un rayon de leur amour si pur! Eh bien! j'écoutai, je regardai, et ma pudique illusion, ce dernier voile d'une imagination trop ardente, se déchira cruellement. Oh! Emile! Emile! Dieu ne vous le pardonnera pas!

Nous partîmes le lendemain, comme mon père en avait le projet. Madame Ripère voulait retenir maman, je la priai avec tant d'instances qu'elle se décida à revenir à Paris. Paul était du voyage.

Au moment où je quittai le château, Henriette vint pour m'embrasser; je ne lui tendis que la main, encore la lui donnai-je avec répugnance : elle m'avait appris à mépriser l'amour!

Je ne sais combien d'heures dura notre voyage. A peine étais-je en voiture, que je m'endormis; j'avais veillé sur une chaise durant toute la nuit dernière. Après ce qui s'était passé, mon lit me faisait peur, et je croyais toujours entendre le bruit glacial des baisers d'Emile.

DIX-HUITIÈME SOUVENIR.

L'Égide.

> Arme de notre faiblesse, pudeur, que tu es puissante!
>
> T. HOFFMANN.

Est-ce que votre esprit n'est pas fatigué, mon ami, de ne trouver sans cesse dans cette longue et inutile histoire d'amour que l'enfant passionnée, que l'être que vous jugez exceptionnel, lorsque vous y cherchez en vain la jeune fille toute candide, avec sa naïve inquiétude, qui ne se rend compte de rien, qui s'ignore elle-même et dont l'âme est si neuve encore que tout est sensation pour elle? Celle-là existe peut-être; mais où la rencontrer? Est-ce sous le toit de nos pensionnats, où l'imagination trop active des unes éclaire si vite, dans les mystères du dortoir, l'esprit trop tardif des autres? Est-ce dans ce qu'on appelle un bon ménage, où la fécondité de la mère de famille révèle toujours quelque chose à la curiosité de l'enfant? Jusqu'aux précautions que prennent de chastes parens pour prolonger son ignorance, tout est lumière pour elle. Et ce monde, dont vous ne pouvez pas tout à fait la bannir, ne laisse-t-il pas toujours tomber quelque chose de sa grande histoire de séduction et d'adultère? Eloignez-la du monde, les livres l'instruiront assez; cachez le livre, cachez-le bien, et, quelque part que vous le mettiez à l'abri de ses regards, hors de la portée de sa main, vous pouvez être certain qu'il reposera toute la nuit sous son oreiller. Dès que les yeux savent voir, dès que l'intelligence peut comprendre, il n'y a plus d'ignorance complète; je n'y crois pas : je ne crois qu'à la vertu. Ne pensez donc pas que je mêle au récit de mes émotions d'alors quelque souvenir d'hier; non, j'étais bien telle que je le dis, et si quelquefois j'ai plus que mon âge dans la manière de sentir, vous avouerez du moins que dans la scène que je vais rapporter je n'étais bien encore qu'une pauvre jeune fille que la nature rappelait parfois à ses seize ans.

— M'écoutez-vous encore?

— Toujours, lui dis-je, j'attends votre premier amour; car je commence à croire que Paul avait raison.

Marie, au lieu de répondre à mon observation, continua son récit.

— Vous vous rappelez que j'avais laissé à Emile une boucle de mes cheveux. La lui redemander en partant m'eût été impossible : après la scène de la veille, je n'avais plus la force de lever les yeux sur lui, ni de lui adresser une parole. Tous mes regards étaient pour Henriette, que je m'étonnais si fort de revoir la même, aussi calme, aussi fière, sans que son front rougit, sans que le plus léger indice pût faire soupçonner sa faute. Quand je remontai chez moi, après le premier mouvement de terreur que j'éprouvai à l'aspect de mon lit, la pensée qui me revint d'abord fut de regarder dans le piano : mes cheveux n'y étaient plus! Me les avoir demandés, c'était bien mal déjà; mais me les prendre après cela, c'était un sacrilége!

Durant huit jours, je n'eus qu'un projet, qu'une idée dans l'esprit : je voulais écrire pour redemander à Emile ma boucle de cheveux. Il n'en avait pas besoin, lui! et moi, je ne voulais pas la savoir entre ses mains; cela m'indignait, m'humiliait, et, parce que je ne l'estimais plus, je me trouvais méprisable de la lui avoir cédée. Cette fois, j'eus beau essayer de cacher mon trouble, j'eus beau m'efforcer de paraître gaie devant mon père, il restait toujours à mes paupières quelques traces des larmes de dépit que je versais quand je me trouvais seule, et que je commençais et déchirais vingt lettres pour Emile.

Un soir, Paul, qui demeurait chez nous, conduisit ma mère au spectacle. Moi, j'avais feint une indisposition pour ne pas les accompagner, et mon père était aussi resté à la maison. Il travaillait assis devant son bureau, je dessinais auprès de lui. Tout à coup j'interromps la conversation que nous avions entamée, je me lève, je joins les mains, je me rapproche encore de ce bon père. Il quitte un moment son travail et me regarde, tout étonné de mon attitude suppliante; mais en même temps il fronce le sourcil; car il voit bien que sa petite Marie a une terrible révélation à lui faire. Ce sévère regard m'intimide un instant; mais qu'importe? mon repos, l'estime de moi-même doivent être le prix de ma franchise avec lui. Je n'hésite plus, je fais taire une fausse honte, et m'appuyant avec confiance sur le bras de son fauteuil, qu'il a reculé pour me regarder en face, je lui dis :

— Papa, cher papa, ta fille a besoin de tes conseils; elle va tout te dire, oui, tout! et gronde-la bien, car sa faute est grave, oh! plus grave que tu ne peux l'imaginer; mais, au risque de ta colère, elle ne peut plus te la cacher.

Une inquiétude pénible se peignit dans les yeux de mon père, et sa voix était singulièrement émue quand il répéta :

— Une faute grave, Marie! Oh! mais c'est donc bien affreux?

— Oui, si affreux que, si ce n'était toi, personne ne le saurait hors moi et lui.

— Lui! dit-il en se levant, et qu'est-ce que c'est que celui-là, mademoiselle?

— M. Emile Ripère, répondis-je presqu'à voix basse et en reculant, tant le regard de mon père avait une expression terrible.

Il s'aperçut de mon effroi, et craignant de m'intimider par trop de rudesse, il se replaça dans son fauteuil, me regarda presque en souriant; puis, m'attirant près de lui, il m'ordonna de m'asseoir, et reprit d'un ton calme :

— Eh bien! petite fille, qu'y a-t-il de commun entre M. Emile Ripère et toi? Voyons, parle.

— Je l'ai aimé, papa, et lui aussi m'a beaucoup aimée : vous trouvez cela bien mal ?

— Pourquoi donc, Marie? Nous aimons tous cette bonne et honorable famille, et je ne me rappelle pas t'avoir jamais défendu d'éprouver de l'amitié pour ceux qui nous en témoignent tant. Tu dois de la reconnaissance à madame Ripère pour son obligeance envers toi, et il serait déraisonnable aussi de ne pas montrer un peu d'affection à ses enfans.

— Oui, papa, de l'affection, de la reconnaissance, de l'amitié; mais c'est d'amour que je l'ai aimé.

— Enfantillage, Marie, enfantillage coupable, sans doute, mais qui ne mérite pas mon courroux! Tu vois que tu as été imprudente, tu me le dis, je te sais gré de ta confiance. C'est là tout, n'est-ce pas? continua-t-il en fixant sur moi un regard attentif; c'est bien là tout ce que tu avais à me dire? M. Emile est un fou, ou peut-être un mauvais plaisant, et toi une pauvre sotte.

— Non, ce n'est pas tout, répliquai-je, mais si bas que mon père me fit recommencer.

Alors son inquiétude devint grave, il souffrit de mon silence et semblait craindre mes réponses. Le souvenir d'Henriette me revint, je devinai la pensée de mon père, elle me fit frémir, et je me jetai à son cou en m'écriant :

— Oh ! je ne suis pas aussi coupable que tu peux le croire. Je lui ai donné de mes cheveux, c'est vrai ; mais voilà tout, et je ne veux pas qu'il les garde, et il me les rendra ; car c'est toi qui vas les lui redemander pour moi.

Après ces mots, je l'embrassai de toutes mes forces, et j'étais fière de moi; car je venais d'accomplir un grand acte de courage. J'étais heureuse, car mon père savait tout, et il ne repoussait pas mes ardentes caresses.

— Puisque tu sais, Marie, me dit-il, que ta faute aurait pu ne pas se borner au don d'une boucle de cheveux, je te crois assez sincère pour penser que tu ne me caches rien. D'ailleurs, à quoi te servirait mon pardon, si tu me faisais une demi-confidence? Cela ne te garantirait pas du remords, car ce pardonne peut s'étendre que sur ce que tu m'avoues.

Il me dit cela avec tant de bonté, que si j'avais été plus coupable, je n'aurais pas pu me montrer moins confiante. Je le rassurai, il me crut.

— Tu veux maintenant réparer ton inconséquence en me faisant faire une démarche que je ne saurais approuver, ajouta mon père.

Je fis un mouvement comme pour parler; il continua :

— Comment as-tu pu penser qu'un père pourrait se mêler de ces querelles-là? Car ce n'est pas seulement parce que tu te repens de ta conduite légère que tu as conçu le dessein de réclamer tes cheveux, c'est aussi par jalousie : tu as su que le mariage de M. Emile était décidé avec sa cousine Henriette. Ce n'est pas remords de ta part, c'est dépit; mais je ne dois pas avoir l'air d'attacher à cette affaire une importance que réellement elle n'a pas à mes yeux.

— Ainsi tu crois que M. Emile peut garder ma boucle de cheveux? Mais non, papa, c'est impossible.

— Je le pense comme toi : c'est impossible ; mais si ton père ne peut pas prendre un rôle dans cette ridicule intrigue, du moins il te servira de guide et t'enseignera le tien ; tu vas écrire.

— A Emile? Ah! je l'ai tenté vingt fois depuis mon retour, et je n'en ai pas eu le courage.

— Aussi n'est-ce pas à lui que tu dois t'adresser ; mais à Henriette, comme à une amie.

— Non, non, dis-je vivement, pas à Henriette non plus! Elle avoir une lettre de moi ! Et puis je ne saurais que lui dire.

Mon père, croyant qu'un sentiment de jalousie causait ma répugnance, insista pour que je fisse cette lettre ; c'était ma pénitence, disait-il, et comme je ne savais pas lui résister, il fallut bien écrire ; mais il voyait mon embarras, il eut pitié de moi, et me dicta mot à mot ce billet :

« Soyez assez bonne, ma chère Henriette, pour voir si je n'aurais pas laissé une boucle de cheveux dans ma chambre. Cette boucle, que j'avais promise à mon père, et qu'il m'avait chargé de garder jusqu'à mon retour à Paris, je ne la trouve plus : je présume qu'elle peut être dans le cahier de musique de M. Emile. Informez-vous-en auprès de lui ; s'il l'a trouvée, je le prie instamment de me la rendre. »

Trois jours après, je reçus ma boucle de cheveux et cette réponse d'Henriette.

« Vous avez bien fait de ne pas adresser votre réclamation à une autre, car votre boucle, c'est moi qui l'ai trouvée lorsque M. Emile est allé dans votre chambre chercher ses cahiers de musique, la veille de votre départ. Je n'ai plus pensé à vous rendre cela quand vous avez quitté le château, et depuis on m'a tant parlé de mariage que j'en ai tout à fait perdu la mémoire. »

Mon père admira la réserve d'Henriette, et moi, je compris alors comment Emile se trouva dans ma chambre avec elle : Henriette le guettait, elle l'accusa peut-être, et lui, au risque de me perdre, voulut se justifier. Je me hâte de vous dire que leurs projets de mariage furent rompus. Emile demanda à voyager. Henriette est aujourd'hui poète et baronne.

Maintenant, mon ami, laissez-moi grandir et devenir belle, laissez-moi pendant deux ans oublier tout ce qui m'avait occupée d'abord, pour veiller auprès de mon père, dangereusement malade. Je m'interroge en vain sur ce temps-là, je n'y trouve rien : plus de ces songes qui me donnaient la fièvre, plus de ces rêveries qui fatiguaient mon imagination, plus de ces combinaisons si importantes de ma toilette, dont les résultats étaient toujours si heureux pour ma coquetterie. L'enfant se forma dans la joie, la jeune fille se développa dans les larmes; un amour sans nom s'était éveillé trop tôt dans son cœur. L'amour de tous les temps, l'amour filial, s'en empara tout entier, et je ne vivais que pour mon père, je ne souffrais plus que de ses souffrances, je n'avais plus de moment de bonheur que lorsque sa maladie, cédant à nos soins, nous faisait concevoir l'espérance de le sauver. Ses jours de calme, c'étaient mes jours de fête. Alors je pensais à ma parure ; mais c'était encore pour lui que je me parais, et puis une rechute venait-elle détruire tous mes projets, courageuse comme ma mère, je revenais à ma triste condition de garde-malade, et dès que la voix de mon père se faisait entendre, c'était toujours moi qui y répondais la première. Appelait-il, j'étais aussi la première à son chevet. Vous me disiez tout à l'heure : « J'attends votre premier amour. » Ah! laissez-moi croire que c'est celui-là : il m'anoblit à mes yeux, il excuse mes fautes, il m'explique mon âme, et je crois comprendre enfin que ce qui me rendait autrefois si vive, si impressionnable, si désireuse, je ne le devais pas à l'ardeur de mes sens. Oh! non, c'était le besoin impérieux de donner un cours à ma sensibilité naturelle ; j'ai aimé, bien aimé, mais personne comme mon père, et lorsque le souvenir de tant d'autres amours qui ont passé par mon cœur s'efface chaque jour davantage, la tendresse que j'eus pour lui est restée vivante et semble grandir avec le temps. Cela dura deux ans ; pendant ces deux ans-là, quelqu'un que vous n'avez pas dû oublier était venu assidûment apporter des paroles d'espoir à mon père, et à moi des encouragemens. Celui-là, c'était Paul, qui n'estimait plus assez Henriette pour lui faire l'honneur d'être encore jaloux d'elle. La maladie de mon père était grave; mais son heure n'avait pas encore sonné, cette fois encore il fut sauvé. Sa convalescence me rendit ma gaîté ; nous allions, quand le temps était beau, respirer l'air aux Tuileries. Paul et moi nous soutenions le convalescent pendant la promenade, et puis, au retour, le jeune Ripère était prié à dîner chez nous. Je me sentais plus de joie ces jours-là. Mon père le remarqua; il devait trop d'égards à l'intérêt que lui avait montré Paul pour rompre avec lui ; il avait trop de confiance en moi pour ne pas me parler de ses craintes. Un jour que nous nous reposions tous les trois sur un banc des Tuileries, il nous dit :

— Mes enfans, j'ai bien peur que l'amitié que vous me témoignez n'ait un but caché qui doit inquiéter ma prudence paternelle.

Nous le regardâmes avec surprise ; Paul était singulièrement troublé.

— Je vous aime et vous estime comme deux enfans bons et honnêtes ; vous, Paul, vous ne voudriez pas tourmenter votre mère, déjà si faible à cause de ses longues souffrances ; toi, Marie, tu sais si j'ai la force de supporter un long chagrin... Eh bien ! avouez-moi franchement, mes amis, si, comme je le suppose, vous avez formé des projets que je dois connaître ?

— Aucun, mon père, répliquai-je subitement.

Paul me regarda d'un air chagrin.

— Vous parlez pour vous, Marie, dit-il; mais moi, puisqu'on m'oblige à me déclarer, je dois vous dire que ce projet que vous soupçonnez, il y a un an que je l'ai arrêté dans ma tête. Oui, j'aime Marie, et j'ose croire que vous ne me la refuserez pas.

Un saisissement que je n'avais pas ressenti depuis long-temps s'empara de moi avec force.

Il m'aimait enfin ; quant à moi, l'aimai-je? Je ne me l'étais pas demandé; des devoirs plus saints ne m'avaient pas permis de me rendre compte de moi-même. Mon père prit la main de Paul et la mienne, et continua :

— Elle serait digne de vous comme vous êtes digne de ma fille, et je m'estimerais heureux de lui voir former une alliance aussi belle; mais cette alliance fût-elle encore plus convenable, sous le rapport du caractère, il y a quelque chose qui doit vous séparer à jamais.

— Qu'est-ce donc? demanda Paul.

— La fortune ! dit mon père. Marie n'aura qu'une faible dot, et, après moi, les biens qui doivent lui revenir seraient loin de satisfaire la juste exigence de vos parens. Maintenant, Paul, vous sentez-vous la force de renoncer à ce mariage? Si vous le croyez, vous pouvez revenir tous les jours à la maison, je vous recevrai comme on reçoit un fils dont on est fier ; car votre sincère aveu m'a prouvé que je vous avais bien jugé. Quant à Marie, je ne craindrai rien d'elle; car elle sait maintenant que vous ne pouvez pas être son mari, et je la connais trop bien pour ne pas être sûr que la crainte de m'affliger la retiendra dans son devoir.

J'attendais avec anxiété la réponse de Paul. Il dit :

— J'y réfléchirai.

Il nous quitta, et je revins seule à la maison avec mon père.

Un mois se passa ; je n'entendis pas parler de Paul : sa présence ne me causait qu'une douce satisfaction ; son absence me révéla que je l'aimais ardemment. Ainsi, de tant d'amours que je cherchais, dans mon impatience d'aimer, un seul m'était venu violent, presque invincible; vous ne le soupçonniez pas, et moi-même je ne m'en étais point aperçue.

D'abord il n'eut rien du caractère d'une grande passion; je ne me sentis qu'un ennui profond, encore se dissipait-il à la pensée d'un bal ou d'une amusante soirée; et puis le bal cessa d'être un adoucissement à mon chagrin, et puis je me parais avec désespoir, et sur mon bouquet de danseuse je laissai involontairement tomber des larmes. Une jeune ouvrière, qui venait de temps en temps travailler avec nous, me remit un jour une lettre de Paul. Je grondai Honorine, mais je gardai sa lettre. Il y avait, là aussi, du désespoir et de tristes projets. Quelques jours se passèrent, Honorine revint m'apporter une seconde lettre, enfin une troisième, et moi, bientôt après, je la chargeai de mes réponses. Vous dire heure par heure la marche d'une passion, c'est impossible; si lente qu'elle soit, ses progrès sont toujours effrayans. La mienne arriva au point que, ne pouvant plus résister à celui que j'aimais, je lui accordai le premier rendez-vous qu'il implorait de moi avec tant d'instances. Un rendez-vous chez lui! entendez-vous bien? Et je me souvenais pourtant d'Emile et d'Henriette!

Paul, naturellement timide, me reçut comme un bon frère recevrait une sœur chérie.

— Il ne voulait que me voir, me dit-il.

Une autre fois, il me dit :

— Je veux mourir.

Enfin, comme il m'avait encore forcée de lui promettre une dernière visite, je revins et je dus entendre de sa bouche tout ce qu'il y a de délire dans une tête de vingt ans. Ce n'était plus me voir, ce n'était plus mourir qu'il voulait : il parlait de s'éloigner, d'abandonner sa famille; il parlait de contraindre mon père à lui accorder ma main.

— Et comment cela, malheureux? dis-je tout éperdue, car sa folie m'effrayait, et moi-même je m'en croyais atteinte.

Je ne sais plus tout ce qu'il osa me dire pour me persuader de rendre notre mariage nécessaire. Ce que je me rappelle seulement, c'est que je lui promis encore de revenir le lendemain.

La voilà pourtant arrivée, la coquette Marie, à ces journées où ce n'est plus contre la surveillance d'une mère qu'il faut lutter, mais contre le désespoir d'un amant aimé; elle n'a plus à chercher un secours dans la ruse : son seul refuge c'est la maison paternelle. Mais j'avais promis à Paul, et je ne pouvais pas manquer à ma promesse. Je me disais bien : — C'en est fait, je succomberai! — Je sentais même la volonté manquer à ma force. Il n'y avait pas de piége, tout était prévu; il ne m'était plus possible de penser que c'était simplement comme une sœur que j'allais me rendre auprès de lui. Non! car il m'avait dit la veille :

— Quand tu me quitteras demain, Marie, ma mère sera bien forcée de te nommer sa fille! il faudra bien que ton père m'accepte pour fils!

Et moi j'avais répondu :

— Oui!

Seulement je lui avais demandé grâce pour un jour. Ce jour, il était venu; ma première pensée avait été pour mon rendez-vous avec Paul; mon premier mot : — J'irai!

Avant tout, je ne voulais pas qu'il fût malheureux. Je vous le répète, mon ami, tout était prévu; je ne devais plus compter sur ce qui avait été jusque alors mon unique sauvegarde auprès de lui, son respect pour moi, et je partis!

Il me fallait bien un prétexte pour me rendre chez Paul à l'insu de mon père. Dans ce temps-là je prenais en ville des leçons de piano : maman ne pouvait pas toujours m'accompagner chez ma maîtresse; mais une vieille voisine, que j'avais su mettre dans mes intérêts, s'offrait souvent pour me servir de guide ; maman comptait sur sa prudence; moi, j'éblouissais sa morale facile avec la perspective du beau mariage qu'elle me mettrait à même de contracter; elle pensait sincèrement travailler à mon bonheur, du moins je crus que telle était sa pensée, jusqu'au moment où une indiscrétion involontaire de Paul m'apprit que l'excellente femme ne travaillait qu'à son bien-être : il la payait, la bonne duègne !

La classe de ma maîtresse de piano était fréquentée par une foule de jeunes et riches élèves : aussi n'y allais-je que parée de mes plus belles robes. Le jour de ce dernier rendez-vous, qui devait décider de mon sort, je m'habillai avec ce que j'avais de mieux dans ma toilette ; je ne croyais pas pouvoir être trop bien mise pour me présenter à l'époux qui allait se donner à moi avec son nom si beau, sa brillante fortune et sa part de la célébrité européenne de son père. Mais si je pensais un peu à tout ce qui devait flatter mon amour-propre, ce n'était que vaguement; car d'abord, et au dessus de tout, je voyais Paul, et je songeais à ses souffrances de la veille. Oh ! comme je m'habillai avec soin et que j'étais heureuse pour Paul, de me voir si jolie. Bien que préparée à ma défaite, mon cœur s'en effrayait pourtant comme d'un malheur irréparable ; je me disais, tout en arrangeant ma coiffure qui devait m'embellir encore, tout en passant la robe qui m'allait le mieux : « Mon Dieu ! qui donc me protégera contre lui? Comment serai-je la plus forte contre son amour, quand je n'ai pas même le désir de me défendre ? » J'étais ainsi tourmentée, en proie à un vague sentiment de terreur, et je continuais cependant à me parer du mieux qu'il m'était possible. Enfin, j'allais partir, j'avais embrassé mon père en rougissant ; d'une voix tremblante j'avais dit : « Au revoir ! » à ma mère, et je me préparais à fermer la porte sur moi lorsqu'une idée soudaine arrêta ma main sur le bouton de la serrure ; cette idée, en illuminant mon esprit, me fit pousser un cri de joie. Je reviens sur mes pas, je rentre dans ma chambre. Eh ! vite, eh ! vite, mon chapeau, mon châle, ma robe, tout cela tombe en un clin d'œil, en un clin d'œil aussi je suis rhabillée ; mais je me sens forte alors, et je me dis : « Maintenant il aura beau faire, je ne puis plus lui céder. »

Ce qui devait me sauver, mon ami, c'était la même égide qui, sans doute, protégea la faiblesse de plus d'une pauvre jeune fille qui ne se sentait pas mieux que moi le courage de résister : l'amour-propre.

Rien n'était changé, du moins en apparence, à ce délicieux costume qui me rendait vraiment jolie. Quelque chose manquait pourtant à l'ensemble de ma toilette ; ma robe, ma ceinture, ma collerette, tout était ravissant de fraîcheur, et puis le dernier vêtement, celui que des yeux profanes ne sauraient voir, mais qui ne se cache point aux regards de l'époux, celui-là, dis-je, tout à l'heure aussi éclatant de blancheur que le reste de ma toilette, je venais de le quitter pour le remplacer par un autre que j'avais été prendre dans l'armoire au linge de la semaine passée. — Tu me défendras ! dis-je en m'en emparant. — Et je le salis encore en le frottant sur le parquet de la chambre. Ainsi en garde contre moi-même, je partis enfin pour aller trouver Paul.

Je n'essaierai pas de vous peindre ses transports lorsqu'il me vit entrer chez lui ; je ne vous dirai pas ses prières, ses menaces ; je ne vous dirai pas non plus comme il se tordait devant moi en s'écriant : « Que tu es belle ! » Je pleurai avec lui, je souffris comme lui ; il se traînait à mes pieds, je lui ouvrais les bras, et puis je me rappelais ce que j'avais fait pour me soustraire à son amour, et je finis par trouver dans ma pudeur alarmée le sentiment de résistance que j'aurais en vain attendu de ma sagesse.

DIX-NEUVIÈME SOUVENIR.

La Demande en Mariage.

Un homme vient, il dit : — C'est bien, la femme me plaît ; maintenant voyons sa dot.
E. DE GIRARDIN.

Maintenant laissez-moi me recueillir un peu. Qu'avais-je dit à Paul en sortant de chez lui ? quelles avaient été ses paroles d'adieu ? C'était celles-ci, je crois :

— Marie, je ne le vois que trop bien, vous n'avez voulu que vous jouer de moi ; votre dessein, en vous rendant ici, c'était seulement de jouir de mon désespoir. Vous voilà fière et contente, parce que vous m'avez vu suppliant et faible : mais c'est pour la dernière fois que je me donne en spectacle à vos yeux. J'en mourrai ! oui, j'en mourrai ! mais vous ne le saurez pas, car je serai loin de vous ; je veux au moins ôter à votre coquetterie la satisfaction de se dire, en me contemplant mort : — Voilà où je conduis ceux qui m'aiment.

Il avait un effrayant sourire en me disant cela. Que je le trouvais injuste et cruel ! Il ne soupçonnait pas ce qu'il m'avait fallu de courage pour m'armer contre lui de ma singulière égide ; il n'avait pas compris à quel supplice je m'étais condamnée pour conserver ma présence d'esprit.

— Non, Paul ! lui répondis-je, non, vous ne partirez pas !... Non, tu ne mourras pas ! balbutiai-je, parce que tu sais bien que je ne pourrais pas te survivre.

Je cherchais à donner à ma voix le ton d'une ferme conviction, qui était loin de mon cœur ; car, lorsque j'essayais de repousser ces idées de départ et de mort, je me disais en moi-même : — Bien sûr il va partir ! bien sûr il en mourra !

Paul ne me demanda pas un autre rendez-vous : je l'aurais refusé. Et voyez cependant si j'étais folle et faible avec lui : long-temps après l'avoir quitté, j'étais encore à sa porte, indécise, épiant ses soupirs et prête à frapper de nouveau, pour lui dire : « Courage encore, mon bon Paul, je ne te demande plus qu'un jour. A demain ! »

Je ne cédai pas cependant à cette inspiration du mauvais ange. Il est inutile de vous dire, je crois, que Paul ne mourut pas de ma cruauté. Bien plus, il avait juré de partir ; mais il resta à Paris, et même, trois jours après notre dernière entrevue, il reparut dans la maison de mon père.

— Quelle rareté que de vous voir ! dit maman en lui ouvrant la porte : je croyais que vous renonciez tout à fait à nous, et, ma foi, j'en avais fait mon deuil.

Vous savez que maman est la personne qui sait le moins du monde donner un ton poli à ses reproches les plus obligeans, et, dans ses marques d'intérêt les plus vives, on est encore choqué de la rudesse de son langage.

— Moi, reprit mon père, je ne l'attendais pas plus tôt ; notre cher Paul avait un grand travail à faire avant de revenir ici. Eh bien ! mon ami, est-ce terminé ? sommes-nous content ?

— Oui, répondit-il, c'est fini ! bien fini ! mais je vous avoue que cela n'a pas été sans peine.

— Je le crois, dit encore mon père, cela vous prouve que la volonté est toujours la plus forte.

Maman ne soupçonnait pas qu'il y eût un sens caché dans cette conversation si simple. Mon père croyait comprendre que Paul s'était rendu maître de sa passion. Quant à moi, toute à l'agitation que me causait son apparition inattendue, je ne savais à quel motif l'attribuer. Venait-il pour me braver ou pour me supplier encore? Attendons! me dis-je, avec résignation, et tout en attendant, j'étais inquiète, je tremblais, je souffrais à sa vue, et puis je fredonnais presque à voix basse, pour me donner une contenance. Sans quitter ma broderie, je suivais des yeux tous les mouvemens de Paul. A peine mon père ou maman détournaient-ils la tête, que je faisais rouler doucement ma table à ouvrage, afin que Paul remarquât qu'il pouvait aisément glisser sa lettre dans le tiroir; car je me disais : —Il doit avoir une lettre pour moi.

Sa visite dura près de deux heures; je lui parlai sans savoir que lui dire, sans comprendre ses réponses, tant j'étais occupée à y chercher un sens que je ne trouvais pas. Je me levai, je vins me rasseoir, toujours pour favoriser la remise de sa lettre ; je lui donnai même ma broderie à examiner; il m'avait paru la regarder attentivement, je la lui laissai en lui disant : —Ne craignez pas de la chiffonner ; et je la roulai moi-même encore, pour lui faire comprendre que j'avais deviné son intention. Je repris ma mousseline de ses mains, et puis rien ! Pas de lettre ! Mais aussi, trop de regards étaient fixés sur nous. Il y eut un moment où mon père, tourné vers son bureau, ne pouvait plus nous voir ; maman était alors dans la pièce voisine. Paul avança la main vers la poche de son gilet : je me plaçai de manière à saisir au plus vite ce billet qui m'avait déjà causé tant d'émotions. Il ne sortit de sa poche qu'une petite montre d'or.

— Déjà si tard ! dit-il : il faut que je vous quitte.

Je ris maintenant de mon espérance trompée ; mais , en ce moment-là, je faillis en pleurer. Cependant le retour subit de maman dans la pièce où nous étions m'expliqua la réserve de Paul. Il se leva pour sortir ; je me levai aussi. Mon père, occupé d'un travail sérieux, lui tendit la main sans quitter son bureau ; maman le reconduisit jusqu'à la salle à manger. Moi, j'allai plus loin , et puis je laissai tomber mon mouchoir devant lui: c'était tout ce que je pouvais faire. Il se baissa, ramassa mon mouchoir, me le rendit, et, dans ce prompt mouvement, je crus m'apercevoir qu'il avait su me comprendre. Oh! que c'est avec précaution que je repris ce mouchoir! Paul me dit : A demain !

— A demain ! répondis-je d'un air d'intelligence.

Je revins auprès de mes parens avec la joie au cœur. Aussitôt que je fus libre de retourner dans ma chambre, j'y courus remplie d'impatience. Je retirai avec soin le mouchoir de la poche de mon tablier, je le dépliai peu à peu, enfin je l'ouvris tout entier, et nul papier n'en tomba. Paul n'avait pas de lettre à me donner.

Il faut vous résoudre, mon ami, à me revoir encore une fois en tête-à-tête avec Paul, non plus chez lui, non plus absolument seuls, mais dans la chambre de cette vieille voisine si obligeante, et sous la protection dangereuse de son indulgente amitié. J'étais venue là sans défiance; il me trouva aussi sans armes contre lui. Ce n'était plus en me menaçant de mourir pour moi qu'il alarmait mon amour ; il ne me faisait plus pleurer en me parlant des empêchemens que nos parens mettaient à notre mariage.

Ceux-là ne nous ôtaient pas tout espoir ; nous pouvions les vaincre par la constance.

— L'avenir nous restait, me dit-il; mais aujourd'hui un obstacle que le temps ne pourra pas détruire va nous séparer pour toujours, Marie, et vous ne m'écrivez pas ! et il faut que je l'apprenne par un autre ! et il faut que je m'en plaigne le premier pour que vous m'en parliez ! Ah ! c'est affreux d'en agir ainsi avec moi !

— Mais qu'est-ce donc, Paul? de quel obstacle voulez-vous me parler? lui demandai-je.

— De votre mariage! me répondit-il.

— Mon mariage!

Je restai stupéfaite d'étonnement; on ne m'avait rien dit de cela chez nous. Paul ne voulait pas croire au silence que mes parens avaient gardé avec moi sur ce sujet, et quand il m'eut bien interrogée, je commençai à comprendre pourquoi maman me répétait tous les jours :

— N'est-ce pas qu'il est bien aimable, ce M. Léon? N'est-ce pas que c'est un excellent jeune homme?

Or, ce M. Léon, c'était le frère d'une jeune personne avec qui je m'étais liée d'amitié à ma classe de piano, et que j'emmenais parfois à la maison. Son frère venait la chercher le soir, et c'est à la suite de ces visites, qui finirent par se renouveler tous les jours, que maman me questionna sur l'impression que le frère de Caroline avait pu produire sur moi. Et jugez si je croyais voir en lui un mari futur, moi qui m'amusais si bien de ce bon Léon, que j'allais jusqu'à demander à sa sœur : « A quelle heure Pataud viendra-t-il te chercher? » C'est ainsi que nous le nommions entre nous.

— Moi, sa femme!

— Eh bien! obéiras-tu? me demanda Paul; voyons, réponds, peux-tu obéir, peux-tu te décider à renoncer à moi pour jamais? Marie, il me faut une réponse.

— Mais que puis-je vous dire, Paul? Rien n'est décidé encore; attendez que je sache!...

— Tu dois au moins savoir si tu peux m'abandonner. Te faut-il tant de jours de réflexion pour cela? Interroge ton cœur et parle-moi comme il te dit de parler.

C'était beaucoup exiger de moi. Paul me pressa; il me fit comprendre que la fuite serait facile, qu'un mariage à l'étranger pouvait se faire sans le consentement de mes parens, qu'il était assez riche avec ses talens pour subvenir à nos besoins. Cela ne m'occupait pas. Enfin, il me cita tant d'exemples de pères offensés qui avaient pardonné, que je m'engageai à ne pas me séparer de lui, si vraiment on avait formé le dessein de me donner à un autre. Nous nous quittâmes, lui plein de confiance, moi bien émue.

Il était temps que je rentrasse; les parens de Caroline venaient d'arriver à la maison; la demande de ma main était faite, et maman se disposait à venir me chercher chez la voisine.

— N'est-ce pas, me dit Caroline en me sautant au cou, n'est-ce pas que tu veux bien être ma sœur, ma bonne sœur?

Et elle m'embrassa avec cette vivacité d'amitié que vous lui connaissez.

Je n'aurais pas été préparée à cette grande nouvelle que mon agitation ne se serait pas plus vivement manifestée; c'est que je m'attendais à une grave et solennelle demande en mariage. C'était gaîment, et c'était avec des mots de joyeuse tendresse, qu'elle m'était faite.

— Allons, allons, dis vite! reprit Caroline; tu vois bien que nous attendons tous ta réponse.

Son père, le mien voulaient lui imposer silence : impossible! elle babillait toujours et m'embrassait de plus belle; je ne pouvais ni me débarrasser de ses bras, ni répondre.

— Marie, me dit mon père, ce mariage, je ne te l'impose pas; mais sache bien que si j'accorde ta main aux parens de M. Léon, pour leur fils, c'est que je ne connais pas au monde un plus probe, un meilleur caractère, un homme plus honorable que celui-là; avec un autre, tu pourrais être heureuse quelque temps : avec lui tu le seras toujours. Il m'a mis à même de juger de son avenir par ses antécédens, et je crois te prouver l'estime que je fais de lui, en te disant que, s'il ne devait pas être ton époux, je voudrais qu'il fût ton frère.

Pour parler ainsi, il fallait que mon père eût bien étudié le passé de Léon. L'enthousiasme du moment ne l'aveuglait pas, lui; il ne donnait sa confiance que sur de solides garanties : aussi, c'était recevoir un certificat d'honnête homme que de s'entendre dire par lui : « Vous êtes de ceux qu'on estime. »

Pourtant, je l'avouerai, l'éloge de Léon dans la bouche de mon père me toucha peu en ce moment ; les marques d'amitié que me donnait Caroline me firent aussi une bien faible impression. Je les laissai dire, je les laissai faire. Léon vint au dîner ; je voyais bien dans ses yeux l'inquiétude que lui causait ma réponse. Ils lui dirent tous que j'avais consenti; je ne répondis pas non! Mais ni plus ni moins aimable avec lui que de coutume, je cherchai à retrouver un peu de ma gaîté auprès de sa sœur, qui était folle de joie.

Quand tout le monde fut parti, et qu'enfin, seule dans ma chambre, je pus rêver aux événemens de la journée, je me rappelai la réponse que j'avais promise à Paul ; mais, comme je n'osais pas garder trop longtemps de la lumière chez moi, je soufflai ma bougie. J'écrivis à la clarté d'un faible rayon de la lune qui traversait les vitres de ma petite fenêtre.

« Mon Paul ! mon bon ange! mon bien-aimé ! tu l'as dit : on veut nous séparer. — Cette demande en mariage que tu me disais de craindre, on me l'a faite aujourd'hui. Quand veux-tu que nous partions ? Quand pourra-t-elle se dire ta femme, la pauvre petite Marie ? »

VINGTIÈME SOUVENIR.

Le Baiser qui fait froid.

> Cet ange qui planait sur moi replia tout à coup ses ailes ; cette féerie de ma jeune imagination qui dansait devant mes yeux disparut : je ne sentis plus qu'une main lourde et glacée qui se posait sur mon front, je ne vis plus qu'un abîme!
>
> R. BRUCKER.

Ainsi, vous le voyez, j'étais décidée à tout braver. Ni la tendre amitié que je ressentais déjà pour Caroline, ni le respect que je devais avoir pour la volonté de mon père, ne me retenaient plus. Une espèce de fascination s'était étendue sur mes yeux : je ne voyais que Paul; comment son empire sur moi s'était-il formé? Pourquoi ne pouvais-je plus concevoir la pensée de le quitter, lorsque si long-temps je m'étais accoutumée à en aimer un autre près de lui et malgré son amour pour moi! Eh! mon Dieu ! que vous dire pour me justifier? Maintenant je n'en sais rien encore, et, dans ce temps-là, je ne cherchais pas de justification : je ne me jugeais pas coupable.

Ma lettre, griffonnée au crayon, lui fut envoyée, et non pas celle-là seulement, mais une autre tous les jours, pour le rassurer sur la fermeté de ma dernière résolution. Mes préparatifs de mariage avançaient, et avec eux aussi nos mystérieux apprêts de départ : le jour, je travaillais à mon trousseau ; le soir, je suivais sur la carte la route que nous devions prendre pour fuir. J'étais hypocrite avec mon père, avec Caroline, avec Léon lui-même, à qui je laissais prendre ma main et qu'il pressait avec tant d'amitié et de confiance.

« Comme il t'aime! me disait sa sœur; tu ne sais pas! il a rêvé de toi; » ou bien: « Il veut te donner un châle de telle façon, un voile de telle autre; » et c'était toujours tout ce qu'il y avait de plus riche et de plus beau. Quant à Léon, il ne me disait rien de son amour, sa sœur se chargeait seule de m'en instruire, et elle s'en acquittait avec un plaisir tout ingénu. Je puis même dire que la bonne Caroline y mettait presque du dévoûment, car je répondais à peine; mais elle allait si vite à parler et parlait si long-temps, qu'elle ne pouvait pas souvent remarquer mon silence.

J'ai dit que Léon était peu causeur avec moi; en revanche, il parlait beaucoup à ma mère, il faisait avec une patience angélique sa partie de piquet, il était aux petits soins pour elle, et croyait me marquer assez de tendresse lorsqu'il comblait mon père d'attentions et d'égards, lorsqu'il se montrait attentif aux conseils que celui-ci lui donnait pour notre avenir. Il sait bien aimer aussi, celui-là qui ne prouve la force de son affection que par la délicatesse de ses procédés, et les procédés de Léon pour nous étaient toujours on ne peut plus touchans.

— Ne trouves-tu pas que mon frère est admirable de résignation avec ta maman? me disait encore Caroline. Ne remarques-tu pas comme il est bon fils avec ton père? Ah! j'ai bien peur qu'il ne vienne à t'aimer plus que moi; je finirai par être jalouse, Marie.

Elle avait beau chercher à exciter mon admiration pour Léon; c'était Paul que j'admirais, moi! Paul, qui ne craignait pas de se soumettre pour moi aux dures conditions du travail. Pourtant j'en vins à être moins injuste envers Léon; mais tout ce que je pus faire en sa faveur, ce fut de souhaiter d'avoir une sœur qui me ressemblât pour les voir heureux ensemble.

Un dimanche, il fallut aller entendre la première publication de nos bans à la paroisse. Caroline, au nom de son frère, que le prêtre proclamait mon futur époux, me serra le bras avec un sentiment de joie impossible à rendre; ils avaient tous les yeux fixés sur moi; j'accueillis ce nom avec un sourire; j'étais tranquille : Paul et moi nous devions partir dans trois jours. En rentrant, mon premier soin fut d'écrire à Paul : c'était la seconde lettre que je lui envoyais ce jour-là.

« Mon bon ange, écrivais-je, le prêtre n'a pas dit vrai aujourd'hui; non, je ne serai pas la femme de Léon! Ils le veulent tous, mais Dieu ne le voudra pas; à mercredi soir, et puis là-bas, tu seras l'époux de ta Marie! »

Ma conduite était horrible, n'est-ce pas? car on ne me l'avait pas brutalement imposé cet époux que je flattais d'un vain espoir. Ce qu'ils voulaient, ce n'était pas me contraindre : c'était me rendre heureuse; et, comme je ne leur disais pas qu'avec leurs projets de mariage ils venaient de briser toutes mes espérances, ces excellens amis croyaient qu'au fond du cœur je bénissais leur ouvrage. Ils souriaient de plaisir en me voyant sourire, et moi, je n'avais d'expression de joie sur les lèvres que lorsque je pensais à tromper plus cruellement leur amour. La veille de mon départ arriva; on m'apporta ma robe de noce; j'étais seule chez nous en ce moment, je pensais à Paul : aussi je reçus froidement cette robe qui doit sembler si belle à la veille d'un mariage d'amour.

— Mademoiselle veut-elle l'essayer? me dit la couturière.

— Non, c'est inutile, répondis-je imprudemment.

Elle sortit en répétant avec surprise :

— Inutile!

En effet, cette femme ne pouvait pas deviner que je songeais à rompre une union si prochaine; et puis quelle est la jeune fille qui a jamais dit, à trois jours près d'un mariage, qu'il est inutile d'essayer sa robe de noce?

Confuse de la singulière réponse que j'avais faite, je déployai machinalement la robe, machinalement je la posai sur mon lit; elle était belle!

Vous la connaissez. Je m'amusai peu à peu à faire bouffer les manches, à donner plus de grâce aux garnitures; j'avais involontairement quelque plaisir à la regarder.

— Cela m'irait pourtant bien ! me dis-je avec un peu de regret.

J'en appelle à toutes les jeunes fiancées de dix-huit ans qui se trouveront en face de leur robe de noce; quelque autre amour qu'elles aient dans le cœur, n'est-il pas vrai qu'il se taira, au moins un moment, pour laisser parler la coquetterie? Si vous étiez jeune, vous, et jeune fille, par exemple, vous sauriez déjà quelle fut la tentation que j'éprouvai à l'aspect de ma robe si blanche! si fraîche! si gracieuse! Je voulais la mettre, ne fût-ce qu'une seconde, le temps seulement de me voir dans la glace, puisque j'étais décidée à ne pas la porter tout un jour. La couturière avait raison : je devais au moins l'essayer.

Et vite, et vite, les cordons furent dénoués, les épingles tombèrent, je quittai mes habits de tous les jours, la robe de noce les remplaça, et, durant un grand quart d'heure, je pus m'admirer devant le miroir.

Comme elle m'allait à ravir, ma robe de noce! Comme elle me faisait mince de taille et bouffante sur les hanches ; comme les nœuds de ruban étaient d'un brillant satin ! — Je serais pourtant bien ! pensai-je, et ce n'est rien encore ; si j'étais coiffée, si j'avais mon bouquet, mon chapeau de mariée ; si j'avais ma ceinture, mes gants et ma parure de perles ! — Mais tout cela ne devait arriver que le lendemain. Je crois que j'en voulus à Léon de ce qu'il tardait tant à m'envoyer la corbeille de mariage ! Malgré cela, je ne renonçais pas à le fuir. Ce n'était que pour Paul que je voulais être belle. Mon inconséquence vous révolte peut-être : c'est qu'il faut être femme pour me comprendre...

On sonna comme j'étais encore à me contempler dans ma riche toilette; j'étais seule, vous le savez, et, mise ainsi, je n'osais me montrer à personne. Cependant le cordon de la sonnette fut tiré une seconde fois avec plus de violence ; ce ne pouvait être que ma mère ou Caroline. Au risque d'être grondée par l'une, et bien sûre d'être approuvée par l'autre, je courus ouvrir.

C'était Paul !

Il fixa sur moi un triste regard, et je m'arrêtai toute confuse au milieu de la chambre.

— Vous êtes seule, Marie? me dit-il, en me regardant avec un sourire triste et accusateur.

— Toute seule, Paul.

— Et voilà comme tu m'aimes? Tu te pares pour lui !

— Mais, non, c'est pour moi, par enfantillage ; car, vois-tu, je n'y tiens pas à cette robe de noce ; j'en dois porter une... une, qui ne m'ira pas mieux que celle-ci, c'est vrai, mais que je mettrai avec bien plus de joie.

— Sais-tu, Marie, que tu es bien belle avec ce costume? Comme il t'aimerait, s'il te voyait maintenant !

— Eh bien ! pour qu'il ne me voie pas ainsi et pour que tu puisses me regarder avec plus de plaisir, car cette robe de noce paraît te chagriner, va-t'en, mon ami, tu reviendras, et, si nous le pouvons, nous causerons un peu; car c'est demain que nous partons, Paul...

— Non ! c'est ce soir !

— Ce soir ! oh ! pas si tôt.

— Ce soir, il le faut !

— Pourquoi?

— Je te dis qu'il le faut !

— Mais au moins, je puis le savoir.

— Oui, tu le sauras. Oh! mais d'abord laisse-moi te contempler, Marie, laisse-moi te presser sur mon cœur ! Tu ne dois pas t'effrayer de mon amour. Ta robe de noce ne me rappelle-t-elle pas au respect que je te dois? Ne me dit-elle pas que tu ne peux être à moi que lorsque tu te seras parée ainsi pour devenir ma femme? Oh! que tu es belle! continua-t-il en s'approchant de moi.

J'avais peur un instant pour la robe!... Cependant son regard me suppliait avec tant d'amour, sa voix était si tendrement émue, que, malgré moi et sans y penser même, j'avançais vers lui comme il s'approchait de moi.

— Nous serons bien heureux! me disait-il en me tendant la main.

— Oui, bien heureux! reprenais-je en lui abandonnant la mienne.

— Ma chère Marie!

— Mon bon Paul!

— Quel bel avenir! murmurait-il.

Et moi je balbutiais :

— C'est toute une éternité de bonheur!

J'étais déjà bien près de Paul en lui parlant ainsi, son souffle tiède et doux m'attirait plus près encore; ses bras enlacés me retenaient et me pressaient avec ivresse; mais pouvais-je sentir l'obstacle? Je ne cherchais pas à fuir. Il me contemplait en silence et ses yeux étaient humides de plaisir. Oh! comme il paraissait penser! Moi, je ne pensais plus. Tout entière à l'innocent délire de ce moment, je m'abandonnais avec confiance dans les bras de mon ami. Ma tête, fatiguée de bonheur, s'appuyait sur son épaule, et ainsi posée, respirant doucement, les yeux tournés vers le ciel, je ne me sentais ni veiller ni dormir, et jamais rêve plus beau n'était venu sourire à ma jeune imagination dans l'agitation et le silence de mes nuits. Je m'oubliais sans songer au réveil : il me réveilla, lui! Cédant à l'impunité du moment, il appuya fortement sa bouche sur la mienne, et y imprima un long baiser dont le bruit sonna à mon oreille comme celui des baisers qu'Emile donnait à Henriette! Alors tout ce charme singulier dans lequel s'absorbait ma pensée s'évanouit; je me sentis pâlir, j'eus froid aux lèvres, la mémoire me revint, un sentiment d'indignation s'empara de mon cœur, je me dégageai avec force de ses bras, et je tombai sur une chaise en lui disant : — Laissez-moi! monsieur, laissez-moi!

Ainsi, moi qui croyais trouver dans son premier baiser des trésors de bonheur, une ivresse qui devait me rendre folle, je n'y trouvais que mécontentement, désillusion, souffrance. Je regardai le coupable, et je crus que ce n'était plus là ce Paul que j'aimais tant! C'était un jeune homme qui venait de me heurter violemment, et voilà tout. Expliquera-t-on cette subite métamorphose de mes sentimens? Me dira-t-on comment un baiser qui devait raviver mon amour l'éteignit comme sous un souffle glacé, et pourquoi je ne trouvai plus qu'un sentiment brutal de triomphe dans ses regards que tout à l'heure encore je voyais si éloquens?

— Pourquoi tout cela, Marie? interrompis-je un moment; parce que vous aviez votre robe de noce, qu'elle vous allait bien et que vous vouliez la remettre encore.

— Non, mon ami, je me rends peu compte de cette singulière émotion; mais, en y pensant quelquefois, j'ai cru enfin pouvoir la définir ainsi : « L'illusion est tout pour celles dont le cœur parle plus haut que les sens; chez elles, la réalité n'ajoute rien et détruit presque toujours quelque chose. »

J'avais rêvé des baisers de Paul comme d'une récompense que je ne pouvais acheter par trop de sacrifices, et, quand je me réveillai de la stupeur que son audace m'avait causée, je repris brusquement :

— Et pourquoi donc, monsieur, me parliez-vous de partir ce soir?

— Parce que tu m'as écrit ce matin, Marie, et que ma mère, qui vient d'arriver à Paris, m'a remis elle-même ton billet, mais après l'avoir lu!

Ce dernier coup me décida.

— Allez-vous-en! allez-vous-en! lui dis-je, laissez-moi; il faut que je réfléchisse. Soyez tranquille, je trouverai bien le moyen de me tirer de cette épouvantable affaire; mais, au nom du ciel, partez!

Et comme il s'éloignait en me disant : — A ce soir ! je répondis : — Jamais ! monsieur Paul, jamais ! Je ne peux plus partir.

VINGT-UNIÈME SOUVENIR.

Démarche hardie.

Il faut être une bien grande friponne ou une bien honnête fille pour agir de la sorte.
N. DESTOUCHES.

Vous l'avez entendu !... Ma lettre à Paul, une lettre toute d'amour, où je me donnais à lui corps et âme, où je le faisais le maître de ma destinée , où , ne tenant plus compte de ma pudeur d'enfant , je lui disais : « Partons ! Tes parens et les miens seront trop heureux de nous pardonner ! » cette lettre était entre les mains de madame Ripère ! Et tandis qu'on m'entourait de soins, que mon éloge venait à chaque instant à la bouche de mon père, lorsqu'il disait à Léon : « Vous avez le trésor de ma vie, l'orgueil de ma vieillesse ; moi, je devais craindre à chaque instant qu'une visite trop bien prévue par ma peur, la visite de la mère de Paul, ne vînt à changer en malédiction toutes ces paroles d'amour qui maintenant me faisaient mal à entendre. Cet état de souffrance ne pouvait durer , mon ami ; il fallait ou qu'un coup terrible me brisât, ou que je parvinsse à me sauver par un effort de courage. Je ne redoutais pas le dénouement, quelque terrible qu'il fût ; ce dont je ne voulais plus, c'était de cette incertitude qui me tuait. Le lendemain matin, après le déjeûner , comme j'étais seule avec maman, je lui parlai du retour de madame Ripère à Paris.

— Nous irons la voir demain, me répondit-elle.

Aller la voir avec ma mère , comprenez-vous ce qu'avait de poignant cette perspective ?

— Demain, lui dis-je, ce sera bien tard; elle qui nous a fait prévenir de son arrivée par M. Paul ! Il me semble que ce serait une démarche plus convenable de m'envoyer chez elle aujourd'hui.

Je voulais aller trouver madame Ripère, mais j'y voulais aller seule ; à tout prix il me fallait ma lettre.

— Mais aujourd'hui, tu n'y penses pas, me répondit ma mère, nous attendons M. Léon et sa famille. On doit t'envoyer ta corbeille de mariage ; il faut que tu te trouves là pour la recevoir. Ah bien oui ! sortir , ce serait poli ! Et ton père, qu'est-ce qu'il dirait ? Et M. Léon, et Caroline ? Caroline jetterait de beaux cris. Non, Marie, non, cela ne se peut pas ; d'ailleurs, madame Ripère n'attend pas notre visite aujourd'hui , elle ne demande pas à nous parler. Ainsi vous allez me faire le plaisir de rester à la maison.

Tandis que maman parlait, je mettais mon châle et mon chapeau.

— Eh bien ! qu'est-ce que tu fais là ? je te dis que tu dois rester , et tu t'habilles ! Ah ! c'est comme cela que l'on obéit ? Quand tu seras mariée, tu feras ce que tu voudras dans ton ménage : ici, jamais !

— Pardon, maman, je croyais au contraire que tu me donnais la permission de sortir ; puisque tu ne veux pas, je resterai. Cependant c'est si près d'ici ; en une demi-heure je serais de retour. Après cela, je n'y tiens pas. Tu as raison, ce sera bien assez tôt d'y aller demain.

— Ah ! s'il ne fallait qu'une demi-heure, je ne dis pas, répliqua maman qui abandonnait assez facilement ses première idées, aussitôt que l'on faisait mine de s'y soumettre ; mais il y a loin, et, si tu étais en retard, vois comme ce serait désobligeant pour Léon.

— Tu penses bien que je ne voudrais pas chagriner en rien ce pauvre jeune homme. Mais madame Ripère sera flattée de notre empressement à la revoir, et elle a toujours été si bonne pour moi ! Cela te déplaît-il encore que je sorte? ajoutai-je en faisant comme si je voulais ôter mon chapeau.

J'étais sûre par ce moyen de lui arracher le consentement qui m'était nécessaire. Maman fit mieux que de consentir, elle trouva que la démarche était indispensable.

Je sortis.

En quelques minutes j'arrivai à l'hôtel de madame Ripère. « Si on allait me dire qu'elle n'y est pas ! » pensais-je en franchissant le seuil de la grande porte. Cette pensée me fit frémir ; car elle pouvait être sortie pour se rendre chez nous ! Ma poitrine fut soulagée d'un grand poids quand le portier me dit :

— Montez, madame est chez elle.

Au moment où le valet de chambre m'ouvrait la porte, j'aperçus Paul qui sortait de chez sa mère. Il s'arrêta comme si ma présence l'eût pétrifié.

— Vous ici ! me dit-il, d'une voix étranglée, vous ici, Marie!

—Et pourquoi non, monsieur Paul? lui répondis-je, profitant du moment où André était allé m'annoncer à sa maîtresse; pourquoi ne pourrais-je faire une démarche honorable auprès de votre mère? Vous devez tenir à ce que je ne perde l'estime de personne, et moi, je veux conserver la vôtre !

André m'avertit que madame Ripère consentait à me recevoir. Paul se détourna respectueusement pour me laisser passer. Cette rencontre d'une minute, loin d'ébranler ma résolution, ne fit que l'affermir, et le peu de mots que je venais de dire à Paul me rendait plus forte pour parler à sa mère. J'entrai : le cœur me battait fort ; mais ma conscience me disait de vaincre un mouvement de honte ; car je ne pouvais reculer sans manquer à mon devoir. Autrefois, c'est dans les bras de madame Ripère que j'aurais couru d'abord ; je restai debout et les yeux baissés devant elle. Son accueil fut très réservé ; je ne lisais pas le moindre mécontentement dans son regard. Il y avait de la froideur ; il n'y avait pas de sévérité ; cela me rassura un peu, et, après quelques mots sans rapport avec l'objet de ma visite, je hasardai ces paroles :

— Vous êtes loin de soupçonner sans doute, madame, que ce n'est pas au seul désir que j'avais de vous revoir que je dois de me trouver chez vous aujourd'hui.

— Non, je ne sais ce qui vous amène, si c'est bien pour moi que vous y êtes venue? me dit-elle avec une légère ironie.

— Pour vous seule, repris-je avec vivacité ; je ne le sais que trop bien, vous avez peine à me croire ; mais je vous prouverai que je ne veux pas mentir.

— Voyons, voyons, Marie, vous me dites cela d'un ton qui me fait vraiment peur, continua-t-elle toujours avec le même sourire.

— Je comprends, madame, pourquoi vous me parlez ainsi ; vous sentez que j'ai besoin d'être sévèrement punie, et vous affectez le calme pour me montrer toute l'étendue de mes torts... Oh ! ne me dites pas non, vous les connaissez, on me l'a dit, et d'ailleurs, si vous ne me saviez pas coupable, est-ce que vous ne m'auriez pas déjà embrassée?

— Eh bien ! puisque vous avez un messager si prompt qu'il vous avertit de tout lorsqu'à peine je suis arrivée, je ne comprends pas le motif de votre visite.

— Elle est bien naturelle, madame ; dans trois jours je serai mariée, dans trois jours le soin de ma réputation sera confié à un honnête jeune homme, qui a bien mérité que je veille au moins sur son repos. Ce repos, il peut lui être enlevé dès aujourd'hui ; car si vous n'étiez pas aussi généreuse que je fus imprudente, si la lettre que vous avez en vos mains arrivait dans celles de mon père, il romprait tous ces projets de mariage. Vous le savez bien : mon père, c'est la probité même; il ne veut tromper personne, même au prix de sa fortune ; il ne ferait pas un mensonge, et c'en serait un que de me donner à M. Léon, après avoir appris les projets que j'avais osé former avec un autre.

— Mais vous-même, Marie, n'allez-vous pas mentir à votre époux? Croyez-vous bien, au fond de votre cœur, que c'est assez de vous repentir et d'échapper aux conséquences d'une étourderie pour être encore digne de lui? Répondez-moi, malheureuse enfant!

Elle m'interrogeait comme une bonne mère peut interroger sa fille. J'avouai tout : mon amour, nos rendez-vous, nos préparatifs de départ : je lui dis jusqu'à la scène de la veille dont le souvenir me glaçait encore d'effroi, et puis, avançant vers elle une main timide, j'ajoutai :

— Oh! madame, vous le voyez ; si je l'aimais encore, vous parlerais-je de son baiser!... Non, tout est fini, et pour qu'il ne reste rien de cette erreur si douce et qui me fut si cruellement enlevée, rendez-moi ma lettre, que je la déchire devant vous, et que je vous doive d'arriver sans remords à l'époux que mon père m'a choisi.

— Allons, dit-elle, le mal peut encore se réparer ; tu es jeune de tête, Marie, mais ton cœur est bon. Va, mon enfant, reprends ta lettre, va retrouver ton père, et quand nous nous reverrons, le jour de ton mariage, tu n'auras pas besoin de rougir devant moi, j'aurai tout oublié. Mais toi, souviens-t'en ; car si ta tâche de jeune fille est terminée, tu vas en commencer une qui n'est pas toujours moins pénible pour la vertu, et dont les conséquences peuvent être bien plus terribles.

J'embrassai la bonne madame Ripère avec une tendresse toute filiale, puis je sortis. Dès que je fus dehors, je jetai au vent les menus fragmens de la malheureuse lettre, et avec eux s'en alla ce qui pouvait me rester d'amour pour Paul.

VINGT-DEUXIÈME SOUVENIR.

Les Gages d'Amour.

> Elle donnait tout ; mais c'était pour tout conserver, et s'enrichir des biens qu'elle allait perdre.
> J. DUPATY.

— Il ne sera pas trompé, cet excellent jeune homme, me dis-je en m'éveillant le matin du jour de mes noces. Je croyais être la première sur pied ; mais, non, maman avait rangé son ménage, et mon père, qui s'était levé avant elle, écrivait à son bureau en attendant mon réveil. On nous parle toujours de la bénédicion paternelle qui précède celle du prêtre ; j'ai même vu de très jolis tableaux sur ce sujet ; pour moi, je ne reçus qu'un baiser de mon père, et, au lieu d'adresser au ciel des vœux pour mon avenir, il me dit ces paroles plus rassurantes que celles d'un avenir douteux : — Aime-le bien , sois honnête femme, et tu seras heureuse. — Je promis seulement d'être heureuse, et il m'embrassa de nouveau avec orgueil.

Vous est-il jamais arrivé de chercher dans votre cœur quelles peuvent être les pensées de la jeune mariée au moment de quitter la maison où elle fut élevée? Pour moi, j'ai interrogé toutes mes amies sur ce chapitre, et pas une ne m'a répondu : — C'est à mon futur mari que je pensai d'abord. — Mille autres objets nous occupent, nous qui avons de longues habitudes de famille : c'est la chaise que nous aimons et sur laquelle nous ne nous assoierons plus que lorsque nous viendrons en visite, c'est-à-dire en étrangère. C'est notre place à table que nous regrettons ; c'est la position des meubles à laquelle nous sommes accoutumées ; c'est notre lit surtout, lit bien blanc, bien fait et quelquefois bien dur aussi. Où sera là-bas le miroir que je savais trouver à ce coin de la cheminée? Et mon petit tabouret, et tout enfin, jusqu'au jour qui me venait de telle façon et qui ne m'éclairera plus de même? car la situation des croisées est différente. Comment saurai-je aussi vite l'heure qu'il est quand le soleil d'été donnera dans ma chambre? Ici, je n'avais pas besoin de regarder à la pendule : quand le rayon frappait sur la tache noire du papier, je disais : Il est midi. Quand il dardait à-plomb sur mes hortensias, je disais : Il est deux heures. Oh! je veux emporter mes hortensias. Et le chat!... ce pauvre petit mouton qui venait me caresser le matin, je vais donc le quitter aussi! Oh! non, il faut bien un chat dans un ménage; je l'emporterai comme mes fleurs, comme mon petit miroir, comme ces porcelaines de la cheminée; car on veut tout emporter : les meubles, la chambre, la maison, la rue même. Tout ce qu'on a aimé, on le regrette ; tout ce qu'on a dédaigné, on le regrette encore; il n'y a pas jusqu'à l'escalier noir, où le soir on avait si peur, qui ne nous fasse envie et qu'on ne veuille plus quitter. Jamais je n'avais tant aimé la maison paternelle ; jamais ce qui composait notre ménage n'avait été si scrupuleusement inventorié par moi. Chaque pièce de l'appartement reçut mes adieux ; chaque meuble eut un regard, un soupir, et puis, comme il était encore bien matin, je rentrai dans ma petite chambre où j'avais tant rêvé de Paul, d'Emile, de cet Ernest, qui ne passa dans ma vie d'amour que pour m'y laisser en souvenir un petit livre d'heures; de cet Henri dont je ne vous ai pas parlé, car il ne m'aima que juste assez long-temps pour me donner un joli dé en or le jour de l'an, parmi les bonbons d'étrennes. Je m'appuyai pensive sur le bord de ce lit où je ne devais plus dormir de mon sommeil de jeune fille inquiète. Je me dis : — Ainsi, je serai mariée un 18 juillet!

Cette date me rappela quelqu'un qui avait aussi des droits à ma mémoire. Vous avez fait comme moi, je parie, mon ami, vous l'avez aussi oublié ce pauvre fils du fermier Guerpin, ce bon Ferdinand, dont le sort ne me sera jamais connu sans doute ; lui qui, pour m'avoir vue, pour m'avoir aimée, abandonna son père, renonça à son état, et ne me demanda en retour du sacrifice de son bonheur, et de sa vie peut-être, que ma promesse de garder sa bague où il avait fait graver ces mots : — *Parti pour Marie le* 18 *juillet!*

— Maintenant, pensai-je, je ne peux cependant plus être fidèle au serment que je me fis alors ; un mari veut à la fois tout notre avenir, et ne souffre pas qu'un nom nous rappelle que notre passé pouvait être à un autre. Toi aussi, mon pauvre Ferdinand, continuai-je en regardant la bague, il faudra que tu subisses le sort commun; du moins, je t'aurai tenu parole jusqu'au dernier moment ; ce n'est pas ma faute si je t'abandonne, rien de moi ne m'appartient plus : pas même ma pensée!

Je fis un bloc de tous les gages d'amour que renfermait mon petit coffre de bijoux ; puis je me dis : — A qui donnerai-je cela?

La joyeuse voix de Caroline retentit dans l'appartement. En sa qualité de demoiselle d'honneur, elle voulait être la première au rendez-vous ; je courus à sa rencontre.

— Bonjour, ma petite sœur, me dit-elle en m'embrassant, car enfin tu es ma sœur à présent; tu ne peux plus t'en dédire. Et tout bas, elle ajouta : — Tu me conteras tout demain.

On me coiffa ; on commença à m'habiller, et quand les premiers apprêts de ma toilette furent terminés, comme mes amies les plus intimes arrivaient pour présider à cette importante cérémonie, je les priai toutes de passer dans ma petite chambre. Mon esprit n'était plus inquiet sur le sort de mes gages d'amour ; chacun avait sa destination.

— Mes chères amies, leur dis-je, j'aurais voulu vous faire à toutes des dons d'une valeur égale à mon affection pour vous ; mais rien ne vous flattera plus, je le parie, que mes bijoux de jeune fille ; vous les conserverez avec soin, et, en me les montrant toujours, ce sera une preuve que vous m'aimez encore. — Toi, Eugénie, je ne sache rien, ajoutai-je avec malice, qui te convienne mieux qu'un recueil de prières ; tu n'es pas trop attentive à la messe : au moins, en tenant ce livre à ta main, cela te rappellera que tu ne vas pas à l'église seulement pour critiquer les toilettes. — Je l'embrassai si affectueusement après cette impertinente observation, qu'elle ne s'en fâcha pas, et puis, se fâche-t-on contre une mariée? — A ton tour, Hortense, dis-je à une autre, toi qui es laborieuse, mais si étourdie en même temps, toi qui ne sais jamais où tu mets tes ciseaux, ton étui ou ton dé, prends celui-là, continuai-je en lui donnant le dé d'or que j'appelais Henri : la matière en est assez précieuse pour que tu mettes quelque soin à le garder, et la main qui te le donne t'est trop chère, n'est-ce pas? pour que tu oublies un seul jour de le mettre à ton joli doigt.

Elle le reçut avec joie, et ainsi firent les autres, toutes satisfaites du lot qui leur était échu. La plus coquette eut la belle boucle qu'Emile m'avait donnée le jour où je fus marraine. A chacun de ces gages reçus autrefois avec tant de plaisir ou de pudique terreur, je me disais tout bas : — Adieu, Charles ; adieu, Ernest ; adieu, Emile ; adieu, Henri ; adieu, celui-ci ; adieu, celui-là. — Mais ces adieux n'étaient pas éternels, car tour à tour je devais les revoir.

Je n'avais plus rien que mon volume de Pope et la bague de Ferdinand. Dans la reliure de ce livre, vous savez que Paul avait glissé une boucle de ses cheveux ; mais cette boucle, ce n'était pas à moi qu'il la destinait ; mais ce volume, qui avait appartenu à Emile, était moins un gage de son amour que de sa colère ; d'ailleurs, aucune de mes amies ne savait l'anglais : je gardai le volume.

— Et Caroline, me dirent ces demoiselles, elle n'aura donc rien?

— Oh ! moi, reprit celle-ci en m'embrassant encore, ma part est meilleure que la vôtre ; car aujourd'hui, je gagne une sœur.

— Et puis cette bague, ajoutai-je en lui mettant au doigt l'anneau de Ferdinand, tandis que mes amies se montraient entre elles les cadeaux que je venais de leur faire.

Caroline, curieuse, souleva la plaque d'or.

— Il y a des cheveux, et ce ne sont pas les tiens, Marie, me dit-elle à voix basse ; et puis qu'est-ce que je vois donc là ? des lettres gravées.

Elle lut et me tendit la bague comme pour me la rendre.

— Ce n'est pas bien, Marie ; et mon frère !

— Silence ! lui dis-je, tu vois bien qu'il est parti, et puis je ne l'ai connu qu'un jour.

— C'est vrai ; parti ! pauvre jeune homme ! murmura-t-elle.

Et la bonne Caroline referma vivement la plaque en ajoutant :

— Tu ne pouvais pas garder cela ; mais je le garderai pour toi ; c'est si naturel de penser un peu à ceux qui nous aiment.

On nous appela ; je dis un dernier adieu à ma chambre, et j'allai auprès de ma mère qui m'attendait pour me mettre ma robe de mariée.

VINGT-TROISIÈME SOUVENIR.

La Chambre à Coucher.

L'heure du sacrifice étant venue, les profanes furent contraints de se retirer, et le saint mystère s'accomplit dans le silence du temple.
L. HALEVY.

Elle est passée enfin cette journée tout à la fois longue et rapide, mêlée de tant d'émotions que le cœur peut à peine y suffire! Toutes les vanités de la beauté et de la parure ont eu leur moment de fièvre et leur moment de joie ; la pauvre mariée, ou, si vous l'aimez mieux, l'heureuse mariée, pendant douze heures au supplice, a dû pleurer en embrassant son père, et sourire à son époux qui pouvait s'offenser de ses larmes ; il lui a fallu passer incessamment des douleurs d'une séparation pénible aux enivremens d'une fête dont on la dit la reine, quand elle n'en est que la victime ; et puis, comme elle se laissait aller à un mouvement de gaîté provoquée par de joyeuses paroles, quelqu'un est venu se placer à table auprès d'elle. A celui-là elle avait aussi promis, dans un jour de délire, ce qu'elle vient de promettre dans un jour solennel :

« Fidélité ! »

Elle n'a pas pu rougir quand elle a lu dans les regards du nouveau convive ces mots qui lui font peur :

« Dis-moi, jeune mariée, tiendras-tu mieux ton serment d'aujourd'hui que tu n'as tenu celui d'hier ? »

Vous soupçonnez bien que c'était Paul qui venait ainsi m'interroger au milieu d'une fête, dont l'ivresse n'arrivait jusqu'à moi que pour ajouter encore aux tourmens de ma pudeur! Non, le jour du mariage n'est pas un heureux jour ; non ce n'est pas une cérémonie sainte que celle-là, qui arrache froidement une jeune fille des bras de ses parens pour la conduire, fatiguée du bruit et du bal, dans le lit d'un homme qui attend qu'on la lui déshabille et qu'on la livre nue à son impatience ! Lui, il a sa passion pour excuse, car, dans les mariages d'intérêt même, il y a un moment qui ressemble à de la passion : c'est celui où il monte dans le lit nuptial; mais elle, la jeune fille, qui l'anoblira à ses propres yeux? Est-ce la confidence et les encouragemens de sa mère ? Est-ce le rire moqueur des unes, la fausse pitié des autres? Comme elle a vu brin à brin s'en aller son chapeau de mariée; il faut aussi que d'humiliation en humiliation elle voie s'effacer tout ce qui lui restait de pureté dans l'imagination. Mais où m'entraîne, mon ami, un sentiment d'indignation pour ce jour du mariage, comme vous l'avez fait, avec sa nudité crue et cette stupide cérémonie du coucher qui ne laisse plus à la femme le sentiment de sa dignité, à l'époux l'orgueil d'un triomphe ? Je parle déjà comme si nous étions au lendemain des noces : arrêtons-nous donc au seuil de la chambre à coucher; c'est là que finit la jeune fille.

MICHEL MASSON.

FIN.

TABLE DES MATIÈRES.

UN COEUR DE JEUNE FILLE.

www.ingramcontent.com/pod-product-compliance
Ingram Content Group UK Ltd.
Pitfield, Milton Keynes, MK11 3LW, UK
UKHW020931180726
13838UKWH00002B/872

9 782329 292564